eureka 發現世界

未知的世界是歷史美麗的延伸

eureka

發現世界

未知的世界是歷史美麗的延伸

The Secrets of Grotesque

怪物考

王慧萍 著

中世紀的幻想文化誌

作者序

但是，在修道院，讓需要專心讀經的修道士看如此荒唐的怪物和這種既勻稱又不勻稱，既有形又無形的圖案又有什麼意思呢？為什麼有人要畫這些難看的猴子、兇猛的獅子、半人半馬或半人半獸的怪物、花斑虎、交戰的武士以及吹號的獵人？你還可以看到許多身子共一個腦袋、許多腦袋共一個身子的怪東西；這兒你看到一只長著蛇尾巴的四足動物，那兒你又看到一條長著四足動物腦袋的魚；這裡是一只前身為馬、後身為羊的野獸，那裡是一只長著角的馬。總之，如此變化多端的圖案以及滿目皆是的稀奇古怪形象，致使我們更想要去看修道院裡的大理石，而不願看修道院理的書⋯⋯。

明谷的聖伯爾納（St. Bernard of Clairvaux, 1098-1153）

以上是聖伯爾納針對修道院上的「怪物」所發表的著名書寫。歐洲中古時期出現的怪物形象——恐怖、猙獰、滑稽、古怪甚至可愛的形象，大量出現在手抄經卷的插畫與華麗的緣飾上，它們除了占據了如波希（Bosch）、杜勒（Dürer）等畫家的畫面，亦盤旋點綴在羅曼教堂或修道院的廊柱與淺浮雕之間；到了高聳參天的哥德建築上，它們又換化為睥睨高踞的承霤口姿態。多少世紀以來這些怪物荒誕不經的造型深深地媚惑著人們的目光，它們從不占據大篇幅，但卻是邊緣一隅不可或缺的主角。

之所以起了研究怪物的念頭，是第一次親眼看到掛在普拉多美術館（Museo de Prado）的波希名作〈人間逸樂園〉（Garden of Earthly Delights）時，被畫面裡滿布的奇幻、詭異的生物給震攝住了，久久不能移開視線而總想窺探更進一步的細節。「波希的腦袋怎能換裝下如此多的奇幻異想，而這些通稱為鬼怪的生物有何象徵意涵，又是如何從基督教嚴格的一神論傳統中孕育而生的呢？」這些是最初在我腦中產生的疑問。

接下來的歐洲旅遊，逛教堂與修道院成了我的最愛，除了看聖像畫與教堂建築結構之美，最吸引我的還是承霤口、柱頭浮雕上的怪物造型。基於解答自己的好奇心，我開始閱讀一些中世紀的藝術史書籍，但國內現有的相關資料，在談到中世紀時，往往被唯美的希臘羅馬古典藝術，與璀燦的文藝復興給無情地夾殺；「黑暗時代」可談的只剩下羅曼式到哥德式的教堂建築與其中的聖像畫及人物雕刻，更別說對這些怪誕形象的緣由與現象有所交代。

這本書的誕生，即是自己對此中世紀文化現象的初步解答。感謝下列親朋好友的支持讓本書得以完成：如果出版的總編輯王思迅先生，對本書諸多的寶貴構想，副總編張海靜小姐對本書的統籌事宜，以及編輯劉文駿先生認真的校稿與建議。另外，陳懷恩老師的賜教，好友Víctor Ramo給的啟發與靈感，都是不可或缺的因素。最後，我還要大力地感謝我生命中最重要的伴侶——我的先生Pablo Deza，沒有他的全力支持，不管是精神上或文書處理上（加上被逼著帶我四處拍照），這本書是無法完成的。

王慧萍

謹將本書獻給我台灣與西班牙的家人，以及摯友：Víctor Ramo，Carlos Bouza與Carmen Oliván

Este libro quisiera dedicarlo a mi familia española y taiwanesa, y a mis queridísimos amigos Víctor Ramo, Carlos Bouza y Carmen Oliván.

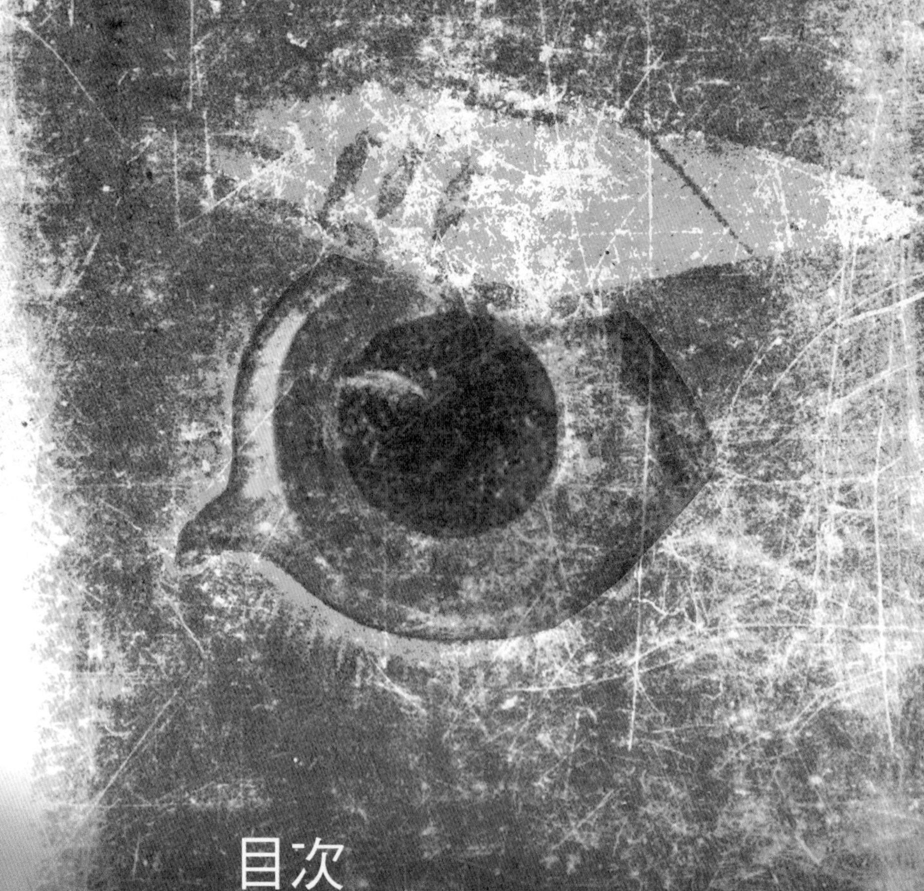

目次

Chapter.I
怪物起源

Chapter.II
怪物的文化圖誌

Chapter.III
聖經怪物考

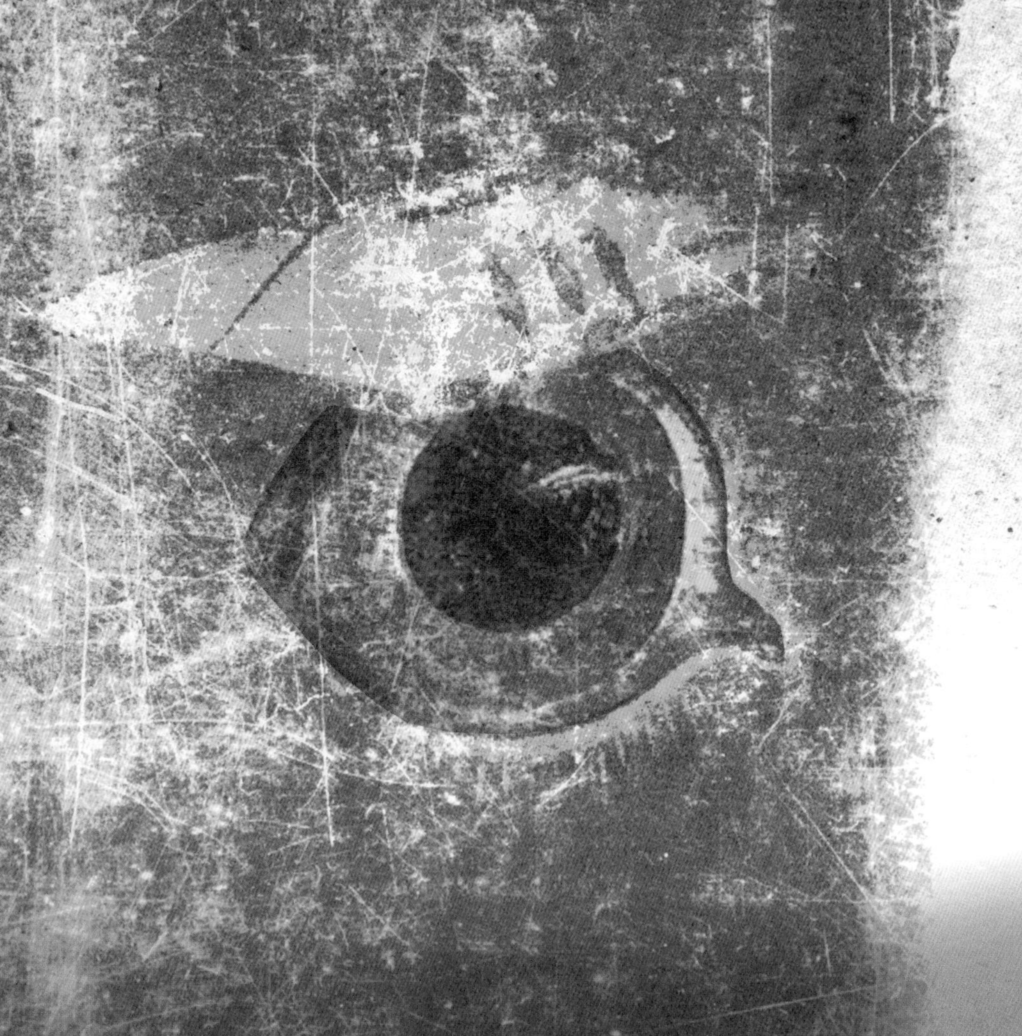

Chapter.IV
中世紀怪物扮相

chapter.V
怪誕風格

Der Bapstesel zu Rom

Chapter.

I

怪物起源

科學時代前的人，到處都見到怪獸的蹤跡——在陸上，在水裡，在空中……

Deunnig des Münchkalbs
zu Freiberg / Doctoris Martini
Luthers.

想像力的兩層世界

科學時代前的人，到處都見到怪獸的蹤跡——在陸上，在水裡，在空中；將其焦慮具體呈現為所有截面。

摘自《一本神奇的動物故事寓言集：神話與民俗中的野獸及怪物》

（*A fantastic bestiary-beasts and monsters in myth and folklore*）

還記得《魔戒》裡馱著箭塔的大象，會走路的樹人嗎？ 或是《凡赫辛》裡飛上飛下、美麗又兇惡的女妖？ 還有《哈利波特》裡一連串的神奇生物：噴火龍、獨角獸、人馬、鳳凰、葛瑞芬、三頭狗等？

這些我們看起來匪夷所思，有趣或恐怖的生物，確確實實生活在古代西方人構築的世界裡，他們有些是自上古西亞即留下來的神話，更多是自希臘羅馬時代以來就廣為流行的傳說。而且可以確定的是，古人很認真的看待這些在我們看來不可能真實存在的怪物，對他們而言，這些都是自然世界裡的一分子，如同人類以及其他的飛禽走獸一樣。

許多研究指出，中世紀的西方人認為能想像出來的東西，即可能真實存在，幻想與現實的界線，對他們而言並不清晰明確。所以人與動物／植物的混合體、扭曲變形的人體、任何自然界萬物在外

●圖為中世紀手抄卷中的插圖，怪異而又繁複的字體，表現出人、獸與植物糾結而融為一體的樣子。

形上的交流轉換都是可能發生的，並不會與他們的認知相牴觸。

中世紀的人以一種有別於今日的視野來看待周遭萬物。對於動物、植物、山、海等有生命或無生命的自然界，他們認為其中區別並不大，這並不會困擾他們劃分世界時的思緒。雖然在我們看來生物與非生物、飛禽與走獸、植物與動物是分屬不同的範疇種類，但對中世紀的人來說，彼此間卻沒有很大的差異。

中世紀的歐洲是一段宗教迷狂與信心危機重疊的日子。從西元三一三年君士坦丁大帝頒布米蘭詔書，以保障基督教的合法地位，到狄奧多西於西元三九二年下詔基督教為羅馬帝國唯一合法的國教，至此，基督教在整個西方世界的影響力從此無人能及，深深地左右了歐洲各民族的思想、言行、生活習慣。「一切榮耀歸於上主」是所有行為處世的原則與依歸。在這

❶身體下部的變形：出現在手抄卷頁緣的兩個怪人（物），他們有人首（左邊人物甚至從頸部又衍生一張臉出來）、獸身，臀部還各自長出兩張臉孔，形成面面相覷的有趣景況。

❷❸在手抄卷頁緣出現的兩個人物，他們的造型充滿怪異的奇趣。

樣的氛圍下，藝術服務於宗教，宗教指導藝術的發展，使得整個中世紀的藝術幾乎都與宗教脫不了關係。

在早期那些宗教精神昂揚的歲月裡，教會忙著勸服不識字的異教徒皈依主下；教父們忙著遊走各地宣揚福音；神學家汲汲於修改、潤飾神學理論；廣大的農民百姓則躊躇遊走在唯一真神與傳統的泛靈崇拜間。

事實上，在基督教成為羅馬帝國唯一的合法國教之前，除了猶太人，其餘的各民族，不論是塞爾特、希臘、羅馬、東西哥德、伊比利、汪達爾，都屬於泛神論傳統，都有其流傳已久的神話、傳說、崇拜、禁忌；而在成為上帝的選民後，獨角獸、巨人並沒有自文學中消失，橡樹崇拜依然留存在農民的生活中，人馬（centaur）、葛瑞芬（griffin）也以嶄新的面目駐守在教堂內外。基督教義雖然全面廣泛地影響了人民的日常生活作息，但遠古遺留下來的異教傳統亦在無形中發揮不可小覷的作用。

教會的官方文化主導了整個漫長中世紀社會的發展，它要求上帝的選民要過著守身、禁慾、節制、悔罪的生活。唯美的上帝創造的是一個充滿痛苦與罪惡的世界，而這份苦難肇因於男人無法抵抗蛇與女人的誘惑。宗教上深刻的悔罪精神與獻身情懷，使得眾多的男男女女投入服務上帝的行列，平民百姓也依教會的規條行禮如儀，使得整個中世紀社會沈浸在濃厚的宗教氛圍裡。

然而以農民為主的民間文化仍保留著其充滿想像力、誇張、變形、嬉鬧、詼諧的基本特質，它們從來沒有消失過，只是掩蓋在基督的光環下，盡情發揮、復活在民間節慶與對怪人、怪獸、鬼怪的想像中。歐洲中世紀的民間文化，在很大程度上仍延續自早於基督教統治前的異教傳統，它是經過好幾個世紀的積累，有著深刻的文化底蘊。上帝的福音傳入歐洲後，異教習俗並沒有馬上絕跡斷根，而身負「教化」重責的羅馬教會也意識到要上帝的新選民馬上棄絕異教諸神改投天主的懷抱並非一蹴可幾，所以也在一定程度上

❶

❷

❸

❶中世紀哥德式大教堂上的承霤口（又稱筧嘴，即滴水口）常有各種怪物、怪人的造型出現。圖為西班牙布爾苟斯（Burgos）一座大教堂的承霤口。

❷一座全身赤裸、手指陰部的女人承霤口。除了大教堂外，如此「大尺度」的形象也可以在較為世俗的建築物上看見。（攝於西班牙瓦倫西亞魚貨交易市場）

❸在彩繪手抄卷<詩篇I>的頁緣，出現了一些與正文內容或宗教意涵截然無關的怪物造型。本圖目前收藏於牛津大學的博德利圖書館。

容忍歐洲的信徒們繼續親近他們所習慣的宗教節慶，使得基督教與異教傳統一直維持著一種非激烈的斷裂。

中世紀人在某種程度上同時參與官方的（教會）和民間的（狂歡節）生活，並同時用嚴肅和詼諧的眼光來看待周圍世界。在中世紀大量描繪精美的手抄卷上，可以發現在規矩的內文與插圖外，同一頁的邊緣或角落常出現一系列荒誕可笑的怪人、怪獸，狂歡節造型人物，或各種人、動物、植物巧妙結合的圖案。而這些怪物圖象卻是與本文所描寫的內容，一點也不相關。此現象不僅只在手抄卷可以見到，在織品、宗教題材的雕刻作品，中世紀的教堂、修道院內外，亦都可見識到。它們的出現，有別於嚴肅沈重的中世紀基督教藝術，揭示了中世紀人在巨大的宗教氛圍籠罩下的生活裡，仍保有天馬行空的想像能力。在中世紀人的意識裡，虔敬與詼諧兩種看待生活和世界的態度，截然不同卻又並肩共存。

官方與民間的兩股勢力雖然有所衝突，但也默默地在進行融合、包容，最明顯的例子莫過於在大教堂上一些獨立存在的露臀、顯示生殖器的承霤口，如果教會當局果真如此嚴肅異己，身為最大的贊助人，怎麼會容許這些形象高踞在神的殿堂裡呢？

理性克制的希伯來文化遇上了熱情活潑的拉丁文化與生猛剛健的「蠻族」傳統，造就了人類歷史上偉大的基督教王國，但某些根深蒂固的觀念，不管是分析心裡學家榮格（C. G. Jung）所謂的「原型」，還是俄國大思想家巴赫金（Mikhail Bakhtin）所提出的「民間詼諧文化」觀點，它們都生動地保存在中世紀人的腦袋中，也由於它們的緣故，讓後世的我們可以見識到在沈重的宗教外衣下，中世紀的大眾文化依然有其生機盎然、活潑輕鬆的一面。

教會對身體的貶抑或許也導致了民間文化的反動。正因為他們的身體被禁錮太久了，所以才會在怪物（怪誕）的身體上解禁、玩鬧起來；尤其在主導消化（飲食）、生殖和排泄等功能的身體下部，也就是身體最私密、隱諱的部分，其變形也最為誇張與聳動。這點從銜接中世紀與文藝復興的法蘭德斯畫家波斯（Bosch）以及繼起的布魯哲爾（Bruegel）的畫作上，都還可嗅出

●中世紀手抄卷裡怪異而有趣的畫面：山羊當起教宗，狼讀著經書，兔子騎著狗當起武士，還有兩兩相望的怪獸哈比。

中世紀的餘味來。

最近幾年這種幻想力的奔馳似乎有復甦的跡象。從文壇大賣的《哈利波特》、到拜好萊塢電影工業之賜而又回鍋熱賣的《魔戒》，人們又重新對那個遺忘已久的想像世界蠢動起來。以《哈利波特》為例，雖然有精彩的冒險故事，但書中的一些元素，如巨人、長生鳥（鳳凰）、狼人、精靈、巫師、還有成群結隊從中世紀動物寓言集走出來的怪獸，都成為吸引大小讀者的賣點。然而有點諷刺的是，哈利波特的魔法世界，是中世紀人絕不陌生的實存空間，也是從文藝復興以至近代，多少人文主義者所亟欲擺脫、劃清界限的「黑暗時代」。

另外，近幾年流行的線上遊戲，也有不少取自中世紀的靈感，如各種魔獸、矮人族、精靈、巫師等，他們不論造型或劇情，多少都帶有中世紀民間文學或傳說軼事的況味。

中世紀是個充滿宗教符號的時代，而中世紀藝術是象徵表意的藝術。它不求真切，只重傳達；不重矯飾，只求情感攝人。本書將帶領讀者，重新回到那個充滿奇想的世界——在基督教義中參雜了基督教前（pre-christian）的異教傳統，如此我們將見識到一個由各種精靈、巫術、魔鬼、聖徒、天使、守護神等構成的神奇世界。

❶二十世紀初的歐洲建築，還是流行以各種怪物造型來作點綴。
❷西班牙西北部奧倫塞（Orense）大教堂的柱頭雕刻，在畫面左邊的柱頭上，可見到一隻人首鳥身的哈比怪物。
❸位於西班牙塔拉貢納（Tarragona）大教堂，怪物造型的承霤口。

中世紀怪物的歷史溯源

整個歐洲中世紀時代，基本上是由三個文化體融合組成，分別是古典的希臘-羅馬文化，根植已久的塞爾特、日耳曼等「蠻族」傳統，以及由西亞傳入的猶太-基督教的神學觀；它們相互交融的結果，產生了影響人類歷史深遠的基督教王國。而各種充滿想像力的怪物造型，以及各種寓意豐富的象徵，也就從這多元的文化共和體中，自然的流露出來。

民間傳統的影響

1. 希臘-羅馬傳統

希臘人的神話信仰較同時期的諸民族增添了許多「人」的味道，奧林匹斯山的眾神簡直就是人世的翻版，祂們時而嘻笑嘲謔，遊戲人間；時而威武嚴肅，仗義救難。希臘人是第一支用自己的形象來塑造神明的民族，為數不少的怪物、怪獸的形貌，透過文字敘述、壁畫、馬賽克鑲嵌、陶瓷器皿的描繪，展現出其豐沛的想像力以及與埃及、西亞諸國神話、信仰交流的見證。

希臘-羅馬神話中有許多面目猙獰的想像怪獸，如《奧迪塞》中有關怪物Scylla的描寫為：

它發出的聲音如同初生的幼犬狂吠，
但它是一個可怕的怪物，
任何人見了都不會欣喜，神明們也不想和它面遇。
它有十二只腳，全都空懸垂下，
伸著六條可怕的長頸，每條頸上長著一個可怕的腦袋
有牙齒三層，密集而堅固，裡面包藏著黑色的死亡。

這樣恐怖荒誕的形象，似乎與日後基督教新約〈啟示錄〉裡，長著「七個頭，十個角，每一個頭上都戴著王冠。」的怪獸遙相呼應。而羅馬帝國作為基督教世界的先承者，自然有許多圖象資料被基督教直接接收，許多在中世紀看得見的怪獸、怪人、甚至翻滾雜繞的植物裝飾等，都可直接上溯至希臘-羅馬傳統。

「變形」似乎是希臘人非常熟悉與喜愛的概念，以致繼起的羅馬作家如奧古斯都時代的奧維德（Ovid）所寫的《變形記》（*Metamorphoses*），以及二世紀的阿普琉斯（Apuleius）的另一本拉丁著作《變形記》（*Transformation*，又稱《金驢》），講述的就是自然界各種形體之間的轉

換變化。另外，希臘-羅馬神話中還有大量與變形有關的故事，如拒絕阿波羅求愛而變成月桂樹的達芙妮（Daphne）、化身公牛以擄走歐羅巴的宙斯、仙女喜拉（Scylla）被施法變為犬頭蛇身怪，還有為數眾多的半人半獸的人馬、羊人、人魚（siren），都讓我們見識到一個變化多端、形象豐富的神奇世界。

❶希臘神話裡的眾神常作為裝飾的元素，被描繪在基督殿堂的角落裡。圖為西班牙巴塞隆納大教堂的門板淺浮雕，可見到幾隻人首羊身的羊人（Fauns），他們似乎畏懼於中間的十字架威力，正向兩旁逃逸。

❷人魚與人馬。在此柱頭上可看見一條坦露乳房的人魚立於中央，雙手各執一條魚，左右兩邊各有一呈L型、望向人魚的人馬；頂端的飾帶上，中間及兩端共有三個咧嘴、吐紅舌的怪獸頭部，剛好對應在人魚及人馬的頭上。

從古典時代流傳下的這種自然界萬物形體上，可以無拘地自由轉化的概念，一定曾影響後來中世紀人的想像力，在羅曼式到哥德式藝術中的許多怪物圖象，也必定受過古代世界的啟發；尤其是晚期的中世紀，新一輪的古典拉丁著作又被重新鼓勵閱讀後，例如奧維德的《變形記》就是此時流行的拉丁古典著作，只不過它當然不是作為神話學被閱讀，而是由於其編年記事體裁（始於創世，終於奧古斯都的神格化），而被當作「世界史」看待。總之，奧林匹斯的眾神常又重臨人間，作為裝飾元素被描繪在基督殿堂的角落裡。

希臘-羅馬神話系統中的很多神祇或怪獸，在羅馬帝國滅亡後，並沒有消失蹤跡，而是重新登上基督教主導的中世紀舞台。半人半獸的人馬、羊人，

有翅膀的飛馬、哈比、巨人，還有種種奇異、充滿想像力的怪獸，還是悄悄地爬上了廊柱的柱頭、山形面（tympanum，指圓拱與門楣之間的凹入牆面，多為半圓形）上；他們所代表的當然不是昔日奧林匹斯山眾神的榮耀，很多時候是用來指涉異教徒的罪刑、荒唐作為、錯誤崇拜等。

希臘-羅馬的神話世界，除了自成一完整的體系而顯示出時人的宇宙想像外，更重要的是，它深深地影響了日後西方世界的哲學、文學、宗教、藝術、科學等學科，可謂西方知識的源頭與文化的搖籃。而這些神話傳說並沒有隨羅馬帝國的基督教化或羅馬帝國的滅亡而消失，它只是以一種較隱晦不明的姿態繼續流傳著，甚至被吸收轉化而賦予新意。

2. 塞爾特與日耳曼傳統

塞爾特①文化曾經在古歐洲有過輝煌燦爛的一頁，起源於現今德國南部的塞爾特人約於公元前兩千年開始擴展領域，在其全盛時期，曾統治著從不列顛到黑海的遼闊區域。

凱撒大帝的《高盧戰記》是現今所能看到，最早對塞爾特宗教現象做出文字記錄的第一手資料。凱撒將當時的塞爾特人通稱為高盧人，但此高盧並非僅限於今日法國，而是包含義大利的庇里牛斯山以北、萊茵河以西，直達大西洋的大片土地。他提到塞爾特人對宗教祭儀非常狂熱，而他們最崇拜的神祇分別是：墨丘利、阿波羅、馬爾斯、宙斯、密涅娃。當然這些都是希臘、羅馬人的神靈，尚未被羅馬人同化的高盧人自然不可能信奉祂們，只不過凱撒為了方便記述，而將屬性、職能相類似的塞爾特神用羅馬神的名字稱呼。

所有高盧各族都異常熱心於宗教儀式，因此，凡染上較為嚴重的疾病、或是要去參加戰爭、冒歷危險的，不是當時把人作為犧牲，向神獻祭，就是要許下誓願，答應將來這樣做，這種祀典都請祭司們主持。他們認為，要贖

① 塞爾特Celt, Kelt, Celta在中文的譯名繁多，有塞爾特、凱爾特、居爾特、克爾特等。

❶塞爾特文化曾經在古歐洲有過輝煌燦爛的一頁，範圍廣闊，也深深影響了中世紀的怪物形象。圖為位於西班牙與葡萄牙交界彭德維特拉的塞爾特村落遺跡。
❷塞爾特的藝術作品裡，常可見到糾纏的線條兩端出現人或動物的臉龐，或是捲曲的枝葉與藤蔓中夾雜著怪獸的身影。如在《塞爾特之書》裡，隨處可見字體與人或動物混為一體的表現。

取一個人的生命，只有獻上另一個人的生命，不朽的神靈才能俯允所請。有關國家的公務，也用同一方法獻祭。另有一些人製成碩大無朋的人像，四肢用柳條編就，其中裝進一些活人，放到火中去，讓那些人被火焰包身，活活燒死。

《高盧戰記 卷六之十六》

神靈之中，他們最崇敬的是墨丘利，他的造像極多，他們尊他為一切技藝的創造者、一切道路和旅程的嚮導人。他們認為他在各種牟利的行業和買賣上，也有極大的法力。除他之外，他們還崇祀阿波羅、戰神馬爾斯、宙斯、密涅娃（即希臘神話的雅典娜）。他們對這些神靈的看法，大約跟別的民族差不多，阿波羅驅除瘟疫、密涅娃倡導技術和工藝、宙斯掌握天堂的大權、馬爾斯主持戰爭。當他們決定進行決戰時，通常都對馬爾斯神許下誓願，答應把將在戰爭中掠得的東西獻給他。

《高盧戰記 卷六之十七》

塞爾特文化腹地廣大，又常隨著民族的移動而與各地的原生文化進行融合與交流。從東歐橫跨歐陸到英國與愛爾蘭，都曾留下塞爾特的痕跡。與許多其他同時期的民族一樣，塞爾特人亦認為自然界裡的萬物沒有很嚴格的分際線。在他們的泛靈信仰裡，自然界的受造物與神鬼界之間是可以互通轉換的。在他們的藝術作品裡，常可見到糾纏的線條兩端出現人或動物的臉龐，或是捲曲的枝葉與藤蔓中夾雜著怪獸的身影。

被認為是扼殺了古典時代的元兇，最原始野蠻的蠻族——日耳曼人，成了中世紀社會初期最主要的成員。他們從西元前五世紀開始由北方四處進擊，連剽悍的塞爾特人與羅馬鐵騎都不是他們的對手。當他們在羅馬帝國的領土定居下來後，約四世紀起，他們的風俗習慣便深深地影響著中世紀早期的歐洲文化，如日耳曼部族中領袖與戰士的關係，即是後來中世紀封建制度的濫觴。到了西元四世紀，日耳曼人可大致分為西日耳曼和東日耳曼兩大族群：西日耳曼人包括撒克遜人、蘇維人（Suevi）、法蘭克人以及阿勒曼人（Alemann），約在西北歐洲活動，以農業生活為主；東日耳曼人則包括哥德人（日後又分裂為東西兩族）、汪達爾人及倫巴底人，在歐洲東南部過著游牧生活。

羅馬歷史學家塔西佗（Tacitus）在西元一世紀曾記錄下日耳曼民族堅持古老的條頓教，據說他們沒有築建廟宇的習慣，而是直接向聖樹叢中的諸神奉獻祭品。一如凱撒，塔西佗也用羅馬諸神的名字來描寫常被崇拜的條頓諸神，如馬爾斯、墨丘利、赫丘力斯，他們相當於日耳曼的戰神Tyr、智慧之神Odin、與雷神Thor，這幾位神靈的名字至今仍保留於英文的星期裡——星期二（Tuesday）、星期三（Wednesday）、星期四（Thursday）。

歐洲的入侵者為了方便統治，常將自己的神譜融入、甚至取代被其侵略民族的萬神殿。羅馬人對文化高於他的希臘人如此（將希臘神靈照單全收再改成自己的名字），對「蠻族」的塞爾特、日耳曼部族也是如此（將Taranis、Odin改成羅馬的朱比特）。但塞爾特人倒是不以為意的接受了，反倒認為這是其民族諸神的「多樣性面貌的展現」。

事實上，塞爾特諸城邦的神祇眾多，個性又常重疊反覆，以致於只要與自己原生的神明有相似性格，就很容易被接受而融進自己的神譜裡。後起的基督教對於比他更早的神祇也採取類似的態度（基督代替阿波羅、聖母取代大地女神、眾多聖徒取代大量的異教神祇）。而這也使得諸神間有著理不清的曖昧關係，如塞爾特的Lugus拿起羅馬墨丘利的權杖，Dagda或Taranis與日耳曼的Thor也有了交流。

「蠻族」藝術的影響

相對於羅馬人鍾情的大型建築體、人體雕塑，四處遷徙的「蠻族」對工藝美術的喜好與擅長，展現在他們的武器、服飾、裝飾物上。在考古發現中，不論是日耳曼或塞爾特的工藝作品，都顯示他們對貴金屬、金銀首飾、青銅製品等物的喜愛，與竭盡心力在其上裝點的功夫，此影響可在整個中世紀的工藝品製作上看出端倪。

他們醉心於平面裝飾，尤其是抽象幾何、看似混亂的線型圖案，其中尤以《塞爾特之書》（*Book of Kells*）最為有名。此種圖案的出現有兩種說法，其一據說是在許多古老民族的信念中，魔鬼什麼都不怕，就怕被搞糊塗，所以結繩、迷宮、糾纏在一起的圖騰紋案，會使魔鬼迷途，達到抵禦邪氣的作用。阿根廷的大文豪與哲學家波赫士（L. Borges）也曾在《想像的動物》（*El libros de los seres imaginarios*）提過：「據說魔鬼能造出駱駝那樣大的生物，但是不能造細緻柔弱的東西。」可見民間相信細膩、精緻的圖案可以抑制魔鬼，使其無法施行魔力。在中世紀手抄卷頁緣的裝飾，以及羅曼教堂的山形門拱常可看到相互纏繞、複雜的幾何圖形，甚至在某些大教堂，如法國夏特爾（Chartres）大教堂的入口地板上，即有一個迷宮圖案。

另外，古日耳曼民族相信文字是有神秘魔力的，若將語言定形為文字，等於將神力賜予敵人，於是將文字草化為交雜纏繞的圖案，似乎也是避免敵人破譯的方法。

對塞爾特與日耳曼等不斷移動的游牧民族而言，靈巧與敏捷的特性需求，對流動的、線型的、抽象的偏好，造就了他們獨特的藝術風格。這種喜好並沒有隨羅馬人的統治而消失，在帝國滅亡後更一直保存並延續在整個基督教的中世紀。在大量彩繪手卷的頁緣、在大寫字母的花式表現、在許多宗教聖器、武器的裝飾上，或是羅曼式教堂的山形門拱，都可以見識到此傳統的深刻影響。

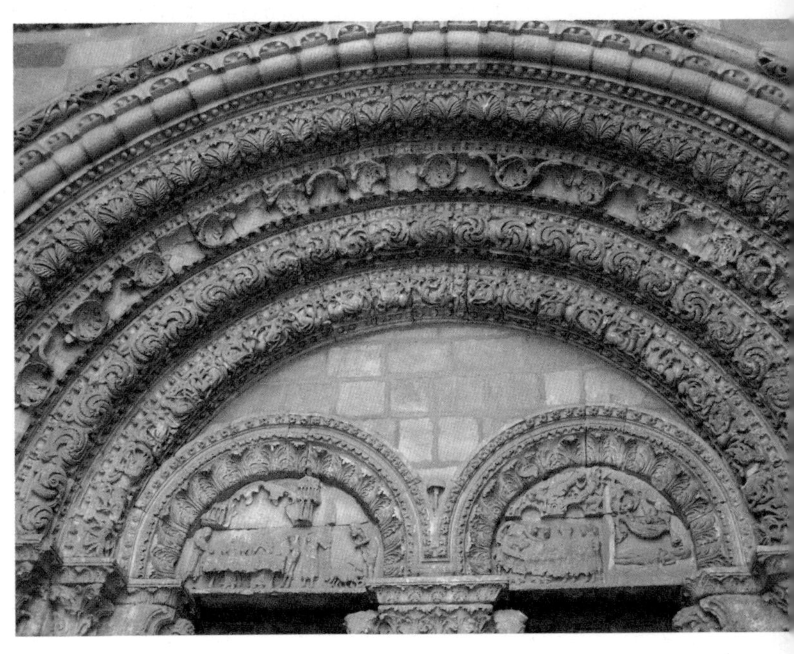

●圖為建於十一世紀，西班牙中部亞維拉（Ávila）的聖維森特教堂。在它的山形面上，從對線條的流暢掌握與對動植物主題的偏愛，都還可看出日耳曼西哥德傳統的影響。

其他影響：

1. 基督教傳統

基督教藝術裡的象徵表意功能，無疑是非常重要與傑出的。在人民普遍不識字的年代，要使教徒對教義有深刻地體悟，由視覺印象入手不啻是最一目了然與立竿見影的方法。然而在創教之初，為了避免信眾將聖像當成偶像崇拜，教會並不鼓勵為聖徒立像。加上耶和華也親自對摩西說過：「你們不可做什麼神像與我相配，不可為自己做金銀的神像」，都使早期聖像的發展裹足不前。

然而面對廣大的文盲信徒，口授的教義畢竟無法迅速傳播、立刻深植人心，尤其聖經裡又多是抽象思維的表現與艱深的奧義，如聖保羅說過：「他叫我們能承當這新約的執事，不是憑著字句，乃是憑著精意；因為那字句是叫人死，精意是叫人活。」（見〈哥林多後書3:6〉）；據此，《聖經》的每段文字既可有字面上的解釋，又可有精神上或神祕性的詮釋。於是，教會最終還是不得不藉助圖象的輔助與其所帶出的情感渲染力來奠定、鞏固自己的地位。

雖然說後起的基督教在歷史的長流中，不斷地接收其他宗教或民族的神話傳說而豐富了自己的圖象材料，但基督教本身也有一些原創的怪物形象，譬如在舊約中的先知以賽亞、以西結與但以理的異象（vision）中所出現的撒拉弗、四巨獸等；其中又以新約〈啟示錄〉裡，聖約翰對世界末日所生的異象最為聳動離奇，它也為後世的基督教藝術家提供了豐盛的靈感泉源。以下略舉《聖經》中與怪物形象有關的描述：

海怪利維坦（Leviathan，聖經和合本譯為「鱷魚」；現代中文譯本譯為「海怪」）

論到鱷魚的肢體和其大力，並美好的骨骼，我不能緘默不言。誰能剝牠的外衣？誰能進牠上下牙骨之間呢？誰能開牠的腮頰？牠牙齒四圍是可畏的。牠以堅固的鱗甲為可誇，緊緊合閉，封得嚴密。這鱗甲一一相連，甚至氣不得透入其間，都是互相聯絡、膠結，不能分離。牠打噴嚏就發出光來；牠的眼睛好像早晨的光線。從牠口中發出燒著的火把，與飛迸的火星；從牠鼻孔冒出煙來，如燒開的鍋和點著的蘆葦。牠頸項中存著勁力；在牠面前的都恐懼蹦跳。……凡高大的，牠無不藐視；牠在驕傲的水族上做王。

〈約伯記41:12-34〉

●自《聖經》＜啟示錄＞中，後世的藝術家汲取了豐盛的靈感泉源；圖為對其中「蝗蟲」形象的描繪。

四巨獸

有四個大獸從海中上來，形狀各有不同：頭一個像獅子，有鷹的翅膀；我正觀看的時候，獸的翅膀被拔去，獸從地上得立起來，用兩腳站立，像人一樣，又得了人心。又有一獸如熊，就是第二獸，旁跨而坐，口齒內啣著三根肋骨。有吩咐這獸的說：「起來吞吃多肉。」此後我觀看，又有一獸如豹，背上有鳥的四個翅膀；這獸有四個頭，又得了權柄。其後我在夜間的異象中觀看，見第四獸甚是可怕，極其強壯，大有力量，有大鐵牙，吞吃嚼碎，所剩下的用腳踐踏。這獸與前三獸大不相同，頭有十角。我正觀看這些角，見其中又長起一個小角；先前的角中有三角在這角前，連根被牠拔出來。這角有眼，像人的眼，有口說誇大的話。

〈但以理書7:3-8〉

蝗蟲

蝗蟲的形狀，好像預備出戰的戰士一樣，頭上戴的好像金冠冕，臉面好像男人的臉面，頭髮像女人的頭髮，牙齒像獅子的牙齒。胸前有甲，好像鐵甲。牠們翅膀的聲音，好像許多車馬奔跑上陣的聲音。有尾巴像蠍子，尾巴上的毒鉤能傷人五個月。

〈啟示錄9:7-10〉

馬

馬的頭好像獅子頭，有火、有煙，有硫磺從馬的口中出來。……這馬的能力是在口裡和尾巴上；因這尾巴像蛇，並且有頭用以害人。

〈啟示錄9:17-19〉

惡龍

天上又現出異象來：有一條大紅龍，七頭十角；七頭上戴著七個冠冕。牠的尾巴拖拉著天上星辰的三分之一，摔在地上。……

〈啟示錄12:3-4〉

青蛙

我又看見三個污穢的靈，好像青蛙，從龍口、獸口，並假先知的口中出來。他們本是鬼魔的靈，施行奇事……

〈啟示錄16:13-14〉

聖經裡的怪獸，很多都是外形恐怖、複合式的想像野獸，眾多的頭、額或頭上長角、翅膀、滿布的眼睛都是日後在基督教宗教藝術常出現的元素；另外，蛇、龍、山羊、獅子、老鷹等動物亦是常被應用的主題。加上聖經裡常提及的幾種植物，如無花果、葡萄、生命樹、橄欖樹、棕櫚樹等，它們經常一起出現點綴在基督教教堂的石砌花園裡。

眾多的動物形象被表現在基督教藝術中，它們又常帶著多重隱喻。從古希伯來人時代起，猶太人就有崇拜金牛、獻祭羔羊等風俗（參見《聖經》〈出埃及記32〉、〈創世紀22〉），上帝降十災於埃及時，其中有蛙災、蝨災、蠅災、蝗災與動物有關；以致於舊約中耳熟能詳的但以理在獅坑、約拿被鯨吞、假先知巴蘭騎驢（分別參見〈但以理書6:16-23〉、〈約拿書1、2〉、〈民數記22:21-30〉），或是以西結異象裡的四活物到聖約翰的四福音天使，都讓我們見識到猶太-基督教傳統對動物的偏好。

2. 近東、西亞地區的影響

近東、西亞地區的影響，最早可上溯至古代美索不達米亞平原上充斥的各種怪獸浮雕、雕像的形象上，斯芬克斯、不死鳥（鳳凰）都在此時經由交通往來而被帶往西方。此外，基督教創教初期，在羅馬帝國境內流行的除了奧林匹斯的眾神靈外，東方的一些神秘宗教亦漸漸滲入羅馬人的領域，如波斯的太陽神密斯拉（Mithras）就在羅馬軍隊中擁有不少支持者，小亞細亞的西伯力（Cybele-Magna Mater，大地女神），以及埃及的愛西斯（Isis）等，都各有其擁護信眾。如二世紀後半葉的基督徒屋大維（Octavius）曾指責異教徒道：「你們在馬廄中供獻一匹驢。……有的和愛西斯（Isis）一起分吃驢肉，有的既犧牲又崇拜牛頭和閹羊，有的禮拜半羊半人、或面貌半獅半狗的神……」

此外，七世紀後崛起的伊斯蘭教亦有其影響力。事實上，某些藝術詞彙字典在談到怪誕風格時，也會將伊斯蘭風格（arabesque）一併說明。由於伊斯蘭的可蘭經明文嚴禁對自然物的再現，穆斯林的藝匠們為免受永世的地獄之災，轉而傾向對非自然物（unnatural）的呈現——一部分的人體、一部分的動物，再加上些許的植物與翻騰纏繞的幾何圖形，自然成了伊斯蘭教可允許表現的藝術形式。

《仿羅馬式藝術》（*Romanesque Art*）一書的作者貝作德（A. Petzold）說了一個有趣的例子：在法國中部的勒培大教堂（Cathedral of Le Puy）的木門上，刻畫著基督的童年故事，門的四周邊緣則用阿拉伯庫發字體作裝飾，此銘文的意思乃是「全能的主阿拉」之意。由此可見歐洲的藝術家們吸收了伊斯蘭風格的典型方式，並視它們為純粹的裝飾性元素，所以也就不顧忌其文字的原始含意了。中世紀被伊斯蘭占領的歐陸部分，甚至是基督教王國的領域，都深受此風格的影響。

●對《聖經》<啟示錄>中，惡龍、野獸、假先知從其口中吐出的青蛙（惡靈）的描繪。

人與動物

人類對某些動物的力量崇敬，便產生了動物神祇，如蛇神、公牛神，鳥神等；他們的形象大量的出現在許多古老的文化裡。在各種動物形神祇誕生後，一些動物或怪獸又與人的形象結合，如獅身人面獸、曼帝可拉（Manticora）、人魚等，並成為人類膜拜與畏懼的對象，例如著名的邁諾斯迷宮中的牛頭人身怪獸邁諾陶（Minotaur）。

這些奇幻（fantastic）、想像（imaginary）或怪物（grotesque）的怪獸／人獸怪出現，還有下列幾點解釋：在古代神話中，牠們是人類與以獸形為偽裝的神靈結合後的子孫；民俗學中，將牠們歸因於不同物種之間的交通融合；而對歐洲中世紀的神學家來講，牠們則是各種來自地獄的生物與人間女巫苟合的產物。

其實，人與動物之間可以互通轉換（transformation）是很早就存在的一個觀念。在許多古老的傳說、神話中，經常出現人獸通婚，或神靈化身為動物的例子。例如據說希臘女人會將冷淡的情人變成驢子以資懲罰，波斯的公主們會將過度熱情的崇拜者化為不同種類的動物，希臘神話中更是充滿此類的變形：酒神戴奧尼索斯在海盜船上曾變身為獅子，還把俘虜他的水手們變成海豚；小海神普羅投斯（Proteus）向來以千變萬化著名，他在《奧迪塞》中，曾經一下變獅子，一下變龍或其他的動物，甚至還變成一棵大樹；而女巫色琦（Circe）曾使迷途海上的奧迪修斯（Odysseus）的夥伴褪去人形，成為豬欄裡的一群豬。

不只西方的傳說有變形發生，就連中國的大禹在治水時，也會化身成一隻力大無窮的熊以克盡其功。在先民早期的生活經驗裡，人與動物的關係並非完全斷絕。然而在基督教統治下的中世紀歐洲，耶穌是真神唯一且純淨的兒子，像宙斯那樣三不五時化身為動物以拐誘少女的邪惡行為，如化身公牛以誘騙歐羅巴，或是變形為天鵝以拐騙達妮，當然是要受到教會最嚴厲的譴責。

●出現於中世紀手抄卷頁緣的兩個上身為人，下身為獸的怪人。

此外，大量前期異教所遺留下的半人半獸的圖象——人馬獸、人牛怪、人魚等，看在教會的眼中，當然是出自污穢、不純正的血統，是魔鬼創造出來以攪亂世間的幫手。正如毛茸茸的野人代表的是「退化」（degeneration）、不文明的人類，這些由人與動物混合衍生的怪人、怪獸也被認為是較低等形式的生命體，他們由於屈服於魔鬼的誘惑而失去理性，以至身軀最後變成部分動物的形式。

在中國人的思維中，有些動物可以透過修練而達到人的身分，例如《白蛇傳》裡的白蛇白素貞，或是《聊齋誌異》裡面貌姣好的狐仙，他們可說是經由性靈的提升，而有幸修成人形；而西方基督教的傳統卻與中國大不相同，將變形為動物的人類（如狼人、吸血鬼），視為人性的墮落或沈淪，他們棄人類獨有的理性不顧，陷入無可自拔的黑暗深淵。

❶西班牙東北部的朝聖聖地蒙塞拉特修道院（Monasterio de Montserrat），在其中一個柱頭上，可發現一個有張人臉的怪物。
❷西班牙西北部利芭達維雅（Ribadavia）小鎮的教堂建築上，一個頭帶軟帽、有張人臉的怪獸。
❸一四九六年在撒克斯尼亞（Saxonia）誕生的一隻怪獸，被稱為「修士的牛犢」。本圖摘自路德教會小冊，由紐倫堡的老克拉納赫（Lucas Cranach the Elder）所設計。
❹本圖摘自路德教會小冊。一四九六年在羅馬台伯河捕獲的怪獸，被叫做「教宗的驢子」，牠有著眾多動物的零件：驢頭、人身、覆滿鱗片，右手是象鼻，一腳為蹄、一腳為爪；另外，從臀部生出一張人臉，再由此臉口中生出一個有雙角的雞頭。
❺半人獸造型的承霤口：上身為披衣、蓄鬍，看似正常的的老者，下肢卻變形為獸爪。

um autem beatus
georgius in noie
dei martirium rece

Chapter.

II 怪物的文化圖誌

現在讓我們從眞實的動物園來到神話的動物園，
在這個神話動物園裡的居民不是獅子，
而是獅身人像怪物司芬克斯，半獅半鷹怪獸希洛多塔斯……
這第二種動物園的成員比第一種動物園的要多的多，
因爲妖怪是眞實動物的各部肢體的任意組合物，
這種排列組合的境界是無窮盡的。

人魚 Siren

在歐洲人將對神崇敬的垂直目光，轉向對人感興趣的延伸地平線之前，海洋一直代表神秘、詭譎、危險和驚奇。那兒有妖魔鬼怪出沒，也是罪惡的衍生之地。

在中世紀羅馬教會的眼中，大海與它的住客常被視為與各種罪行脫不了關係，尤其是肉慾之罪。因為這裡有愛與美的女神維納斯誕生，又有美麗、誘惑的人魚伺機而出，以奪取男人的靈魂。活躍於六、七世紀之際的塞維亞的伊西多羅（Isidoro de Sevilla）①對人魚的詮釋即是性吸引力的象徵、淫蕩與肉體之罪。

毫無疑問，現在一般常見的上身為女人，下身為魚尾的人魚（siren，或稱塞倫），其最早期的形象卻是女首、鳥身，並且首次在荷馬的史詩《奧迪塞》中現身。她們能哼唱優美的曲調，使希臘水手沈入夢鄉，然後再弒殺之。但經過幾世紀的演變，塞倫漸漸轉變為肚臍以上為女人，腰腹以下為魚尾的美麗生物。

《奧迪塞》中說道，特洛伊英雄奧迪修斯（Odysseus）在返家的途中，經過有海妖塞倫駐守的島嶼。她們的歌聲悠揚美妙，聽聞過後的水手無不被迷惑住，恍惚失神，船隻也因而觸礁沈沒，水手們進而成為塞倫口中的食物。由於奧迪修斯事先已得到女巫色琦（Circe）的警告，於是命令所有船員皆須用蠟封住耳朵，以防止勾魂的魔音進入耳際。然而奧迪修斯本人卻又禁不住對塞倫歌聲的好奇心，就令手下將其緊緊地綑綁在桅杆上，讓他無論如何也無法動彈。據說奧迪修斯聽到金嗓女妖的歌聲時，渴慕的幾近瘋狂，因為塞倫所哼唱的不止曲調動聽，連歌詞也誘惑、刺激著渴望智慧的心靈。幸好有如此周延的防護措施，奧迪修斯一行人才得以全身而退。

關於塞倫的具體形象，在漫長的中世紀歷史中，莫衷一是。茲舉出幾個中世紀相關描述的文本：

六世紀的《不同種類之怪獸書》（*Liber monstrorum de diversis generibus*） 說道：塞倫由頭至肚臍為女人，但卻有帶鱗片的魚尾。十二世

---

① 塞維亞的伊西多羅（Isidoro de Sevilla，560-636），乃是基督教神學家、作家、塞維亞大主教。西元六三三年在托多雷（Toledo）的宗教會議中，統一西班牙全境內的禮拜儀式原則。其著作甚多，觸角廣及神學、歷史、科學等，但其最著名的作品是共二十冊的《語源學》(*Etimologias*)。伊西多羅在西方中世紀有一定的影響力，他的作品曾是中世紀必讀的教科書。

❶上半身為人，下半身為長魚尾的美麗人魚，自古希臘時代以來，即以歌聲誘惑無數人心。
❷魚尾分裂為兩條的裂尾人魚，常出現在十一至十三世紀的羅曼式教堂中。圖中人魚的雕刻位於西班牙東北部的赫羅納（Gerona）大教堂之迴廊。
❸位於西班牙芮普爾（Ripoll）的聖瑪麗亞修道院，一隻身形輕快又俏皮的單尾人魚雕刻。

紀菲利普（Philippe de Thaün）寫的《動物故事寓言集》（*Bestiaire*）指出：塞倫腰部以上為女人，有隼的爪，與魚的尾部。另一本十二世紀的《動物故事寓言集：野獸之書》（*The Bestiary: A Book of Beasts*）則認為：塞倫從頭到肚臍為人，但下半部，是禽鳥。十三世紀初期由皮耶（Pierre de Beauvais）寫下的《動物故事寓言集》（*Le Bestiaire*）則記錄了三種類型的塞倫，其中兩種皆是一半女人，一半魚；而另外一種，一半是女人，一半是鳥。十三世紀中葉的《高蘇昂大師的世界印象》（*L'Image du Monde de Maître Gossouin. Rédaction en prose*）提及：塞倫乃是肚臍以上有髮辮的女人，肚臍以下是魚，還有鳥的翅膀。另有一本十五世紀的《動物故事寓言集》（*Bestiaris*），它提到塞倫有三種不同的種類，一種是一半魚，一半女人；一種是一半鳥，一半女人；還有一種是一半馬，一半女人。

就圖象上而言，「半人半魚」漸漸成為塞倫的固定形象。因為在《動物故事寓言集：野獸之書》裡，雖然文字的敘述是「頭到肚臍為人，但下半部是禽鳥」，然而在其旁所附的圖象卻是結合陸、海、空的特徵為一身：上身為女人，下半身為魚，另外在腰間有雙翅，魚身又突出兩隻鳥爪。而在《動物故事寓言集：包德利七六四手抄卷》（*Bestiary: M. S. Bodley 764*）裡，文字敘述是「從頭到肚臍為人，再下則為鳥」，但它的細密畫（miniatures）卻是不折不扣的半人半魚造型。在十二世紀的《牛津動物故事寓言集》（*Bestiario de Oxford*），也是上身為女人，下身為魚的形象。此外，美麗的人魚有時也會手執魚類或是女性化的配件如梳子、鏡子，或是以手撫弄長髮、以手握魚尾的撩人姿態出現。

根據以上的敘述，塞倫的外形大致可歸為四類，1. 上身為女人，下身為魚。2. 上身為女人，下身為禽鳥。3. 上身為女人，下身為魚及鳥的混合體。4. 將其他有女人元素（如半女人、半馬）的生物也納入塞倫的範圍。

在八世紀中葉流行至九世紀末的加洛林藝術中，可以發現半女人、半禽鳥的塞倫與女身魚尾的人魚同時並存；待過渡到中世紀盛期時，大量女身魚尾的美人魚躍上羅曼式藝術的舞台。其中又可依魚尾部分分為兩種典型式樣，一是自腰部以下為一完整魚尾，二是數量上更多、自腰部以下分裂成二的魚尾。尤其在羅曼式教堂的柱頭上，常可見裂尾人魚的蹤跡。這可能是因為在實際應用

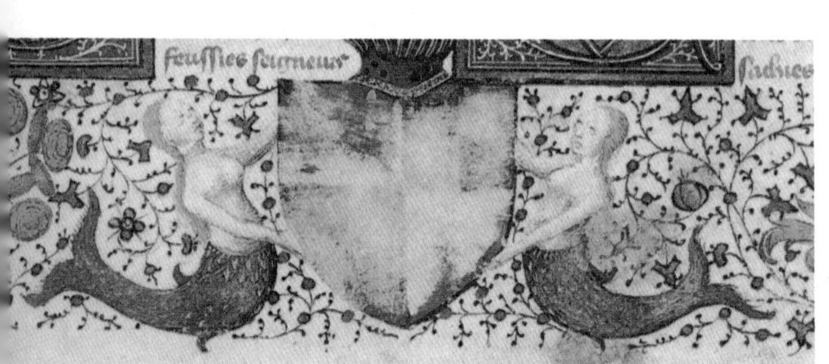

❶

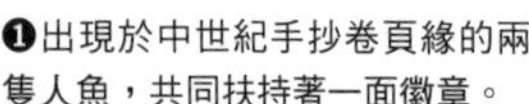

❶出現於中世紀手抄卷頁緣的兩隻人魚，共同扶持著一面徽章。
❷雙手提握住自己魚尾的裂尾人魚版畫，本圖的造型與星巴克原始的商標有些相似。
❸梳子、鏡子等女性化的配件，也常出現在人魚相關的圖象上。

❷

❸

❶在這張彩繪手抄卷中，女人魚與手持弓箭的女人馬同時出現，並攻擊水手。

❷圖中的塞倫，上身為女人，下身則同時擁有禽鳥的利爪與游魚的魚尾，可說是此傳奇生物由「半人半鳥」過渡至「半人半魚」的最佳寫照。

❸現今在世界許多城市皆可見到的星巴克商標，即是以人魚作為靈感而設計的。

上，裂尾人魚較單尾人魚更可以完美適應任何形式的框緣與柱頭；再者，此與羅曼藝術所要求之均衡、對稱的美感更為貼近。當然，也有人賦予它更為情慾的詮釋，直指分裂的魚尾即隱誨地象徵女陰部。這與中世紀眾多由生殖器衍生出其他怪物的圖象有極為相似的傳統與趣味。

不同於以上所提到的「壞」人魚，在童話世界裡，我們很容易就找到「好」人魚的倩影。現今全世界最為人熟悉的人魚，應該屬丹麥作家安徒生筆下的美人魚，她為了真愛不惜犧牲自己，顧全他人的精神，不知讓多少人感動又惋惜。當然，如果不能接受原作的淒美結局，還是可以看看迪士尼的動畫改編版本。

若說到與許多人日常生活息息相關的人魚，那就不能不提到星巴克咖啡（Starbucks）的註冊商標——外環綠底白色字體，中間為黑白相間的裂尾人魚。這其實是星巴克的第二個商標版本，在原始版本中，它是由棕、白色構成，中間為一條完整的提著雙尾、坦胸的裂尾人魚。原始設計較趨近於中世紀的趣味，據說它就是以十六世紀斯堪地那維亞的一幅裂尾人魚圖案為藍本設計。而現在到處可見的「普遍級」版本，則已不見人魚的赤裸乳房（或是被長髮刻意遮掩了），以及完好呈現的兩條魚尾。

塞倫的外形雖有分歧的意見，但綜觀她們的特徵，有三點還是大部分的文本都同意的：1. 外型美麗（象徵肉慾之罪）。2. 有柔美的歌聲或能演奏美妙的音樂（象徵感官之罪）。3. 皆會等待水手（男人）入睡後，予以殺害。所以在中世紀出沒的美麗塞倫，大抵皆是對男人有害的生物，她們被教會賦予負面的意義而登上舞台，藉以勸籲世人（男人）放棄肉慾與官能的享樂，才能獲致身體的健康及心靈的平安。

女首鳥身怪——哈比（Harpy）

早期的塞倫是以半女人半鳥示人，但另有一種名為哈比的怪獸也是以女首、鳥身形象出現，有些文本還會在鳥身後加上一條長長的龍（蛇）尾。

據說牠們渾身散發惡臭，無人膽敢接近。在希臘神話中，牠們被描寫為女面鷹，具有鋒利的鉤爪，刀槍不入，高聲尖叫不停，經常以極快的速度從山上俯衝而下，掠奪他人餐桌上的美食，並以其糞便弄髒所有觸摸得到的東西。如在《金羊毛》故事中，伊阿宋（Jason，中文或譯傑生）與阿爾戈號（Argo）的英雄們就曾在荒島上遭遇哈比。

話說色雷斯國王菲紐斯（Phineus）因受太陽神阿波羅賞賜，有著預知未來的能力。但天神宙斯對此很不高興，就將其放逐荒島。每當菲紐斯要進食，鳥妖哈比就會俯衝飛來，奪走桌上的珍饈並留下惡臭氣味，任誰也不得靠近。後來還是在阿爾戈號上的北風神的兩位兒子進擊守衛下，菲紐斯才得以安心享用美食，並以教導船員們如何平安渡過險峽作為回報。事實上，哈比（Harpy）一字便是由希臘文而來，本來就有「攫奪」之意。

在中世紀的圖象上，哈比由最原始的女首鳥身演變為有男首有女首加上鳥身的形象，更豐富了哈比的多樣性。

在中世紀的脈絡下，哈比依然是一種掠奪性極強的生物；只是牠們不再覬覦他人的佳餚美食，而是成為魔鬼的幫手，專門掠取罪人的靈魂。在但丁筆下的地獄，也少不了牠們的蹤影：

那裡有一種怪鳥哈比做的巢，她們有廣闊的翼，人面和人頸，腳上有利爪，大肚子上一團毛；她們在那些怪樹上哀鳴不息。

❶頭部為人，頸部以下為鳥是哈比的典型形象，此為一本動物故事寓言集插圖裡的哈比。
❷希臘神話中的哈比被描寫為女面鷹，具有鋒利的鉤爪，高聲尖叫不停；而且經常以高速俯衝而下，以掠奪他人餐桌上的美食。圖中即為兩隻停駐在柱頭上、振翅欲飛的哈比。

❶

❷

葛瑞芬 Griffin

葛瑞芬是人類最古老的神話動物之一，據說在西元前三千年的現今伊朗地區，就有出土文物以半鷹半獅的葛瑞芬典型形象出現。從西亞的蘇美人、亞述人巴比倫乃至北非的埃及、南歐的希臘民族，皆有關於此異獸的神話傳說。就語源學而言，「Griffin」乃源自於希臘字「grypos」，為「帶鉤的」（hooked）之意，用以形容葛瑞芬尖銳的鷹喙，從這裡即可看出牠與此字的淵源。

葛瑞芬的形象爭議不大，通常指的都是鷹首、鷹翼加上獅身；但有時也會被描繪成前半身為老鷹，後半身為獅子再加上老鷹的翅膀。中世紀動物寓言故事集常提到牠是天空中最大的禽鳥，力氣之大，足以將整隻的馬、公牛攫住，帶往其巢穴以餵食雛鳥。牠們從不輕易離開自己的地盤，唯有在覓食時，才會飛離。比較有趣的是關於其居住地說法不一，有說牠生長在寒冷的北極一帶，有說在炙熱的印度沙漠，也有說在衣索比亞，但也有人認為牠專門出沒在遠東有洋流的海灣地帶。

●半鷹半獅的葛瑞芬是最古老的神話動物之一，據說牠們力氣之大，足以將整隻的馬、公牛等動物攫住，帶往巢穴以餵食幼鳥。圖為中世紀動物寓言故事集裡的一隻葛瑞芬，牠正要將捕獲的馬匹帶回巢穴！

七世紀的著名神學家伊西多羅（Isidoro de Sevilla）曾在其著作中指出，葛瑞芬對馬匹懷有深刻敵意，並會攻擊牠所見到的任何人類。在中世紀，如同其他許多動物或異獸，葛瑞芬的象徵是矛盾的。有動物故事寓言集就直指牠代表惡魔，而被牠生擒的牛隻象徵犯了重罪的人類；葛瑞芬將犧牲品帶往沙漠中的巢穴餵食幼子，沙漠即代表炙熱的地獄，而幼鳥們則是地獄中的眾小鬼。

但也有人認為牠代表基督，前面所提的伊西多羅就在其名著《語源學》中說道：「基督是一隻獅子，因為他有統御才能與巨大的力量；基督也是一隻老鷹，因為他在復活後仍可升入天堂。」

在西方傳統上，葛瑞芬與龍一樣，經常被傳頌為看守寶藏的凶猛怪獸。也由於此特性，歐洲中世紀的紋章、族徽圖案上常可見其蹤影，用來象徵騎士們永恆的警戒之意。

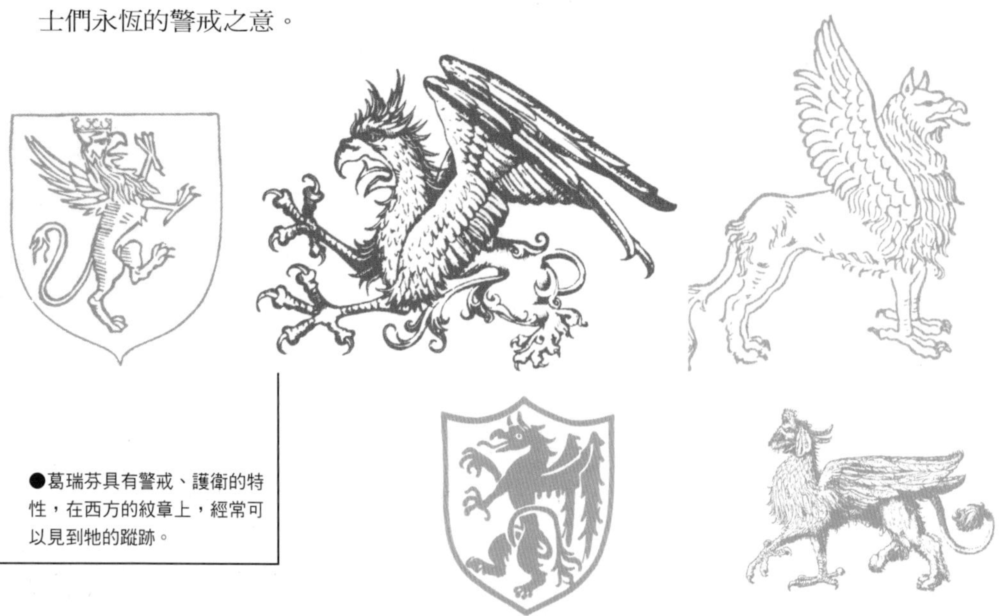

●葛瑞芬具有警戒、護衛的特性，在西方的紋章上，經常可以見到牠的蹤跡。

聖喬治十字架（La Cruz de San Jorge）

紅色等長十字配上白底乃是聖喬治的徽章紋樣，又稱為「聖喬治十字架」（La Cruz de San Jorge）。聖喬治在歐洲一直是最受青睞的守護聖者之一，西班牙的阿拉貢（Aragón）與加泰隆尼亞（Cataluña）兩個自治區，即不約而同的以聖喬治為地方的守護聖者，在此兩地的自治旗上皆有聖喬治十字的出現。

現今足壇甚有分量的巴塞隆納足球隊（Futbol Club Barcelona，巴塞隆納為泰隆尼亞自治區首府），其旗幟上同樣有聖喬治十字架的圖案。甚至在整個加泰隆尼亞地區的許多政府機關、城市的紋章上，都可見到聖喬治十字架的蹤影；聖喬治在此區域受歡迎的程度，可見一斑。而在圖上出現的兩隻葛瑞芬，前爪高高揚起，緊托住以聖喬治十字做成的徽章，當然還是有藉葛瑞芬的神奇力量來守衛、警戒的濃厚寓意。

人馬 Centaur

一般相信，最早馴服馬且騎上馬背的是亞洲人，廣袤的中亞大草原上的游牧民族不論是生活、狩獵、征戰，一生皆與馬匹脫不了關係，而他們自古也以製造馬具、善馭而聲名遠播。人與馬如此緊密的結合，或許是古時候地中海民族將騎在馬背上的戰士，誤當成是人首馬身的怪物的最原始想像。

人馬，通常指的是腰部以上為人、下身為馬的生物。希臘神話中的人馬族，多被形容為行動靈敏迅捷、善射箭，天性喜愛音樂而又性格暴躁、兇殘。其中最有名的莫過於基龍（Chiron）。他以異於同類的善良、智慧淵博又精通醫術而聞名，還擔任過特洛伊英雄阿奇力斯（Achilles）的導師。人馬基龍本應長生不死，但有一天，大力士赫丘力斯探訪另一位人馬族的好友佛樂斯（Pholus）時，因口渴難耐而說服他打開人馬族共有的珍藏佳釀。待酒香飄出，族人群起興師問罪。但人馬族哪是赫丘力斯的對手，紛紛敗下陣來；打鬥中赫丘力斯卻因此以毒箭誤傷了並未動手的基龍。最後基龍因傷勢過重，一命嗚呼。天神宙斯扼腕基龍的去世，於是將他帶到天上，成為人馬星座的由來。

❶上身為人、下身為馬的人馬，在希臘神話中多被形容為行動靈敏迅捷、善射箭，天性喜愛音樂而又性格暴烈的生物。圖為人馬的鍍金銅版畫，製作於十二世紀，收藏於法國羅浮宮美術館。

❷在這幅龐貝古城的壁畫上，善良又富智慧的人馬——基龍，正在教導年少的阿奇力斯音樂。

然而在中世紀的脈絡裡，人馬與其他的雜交怪物一樣，被賦予了負面的意義。在中世紀動物故事寓言集裡對其外表的形容約有幾種：1. 胸部以上為人，其下為馬。2. 腰部以上為人，其下為馬。3. 腰部以上為人，下身為驢。另外有些文本還指出他們通常拿著弓與箭，射箭時氣力之大，非其他生物所能比擬。

對人馬的其他「人格」，則有下面的形容：由於他們同時具有人與馬的特質，因而擁有兩個靈魂，故導致猶豫不決的個性；就如同有些基督徒在教堂集會時展現聖潔的言行，但一出教堂又好比是行屍走肉一般。又有一說指出人馬與人魚一樣，都是有雙重意志的虛偽異端。

這樣的說法應該是由於人馬同時兼具人（理性／心靈）與馬（野性／肉體）的特徵，而理性與野性、心靈與肉體的永恆鬥爭，又一直是人類社會關注的焦點，一本法文版的《中世紀動物故事寓言》（*Bestiaires du moyen âge*）在評論人馬時說得十分恰當：身體與心靈總是在對抗，永遠沒辦法達到和諧。心靈想要當身體的主人，而身體也想要當心靈的主子，因為它渴求著人世間的歡愉享樂。

在西班牙西北方加利西亞地區（Galicia）的奧倫塞大教堂的一個柱頭上，非常難得地可以見到一組充滿動態感的人馬群像：畫面最左邊的人馬轉身向後望，拉滿的弓正蓄勢待發；中間的人馬向左望，手中拿著像是樂器的物件；而最右邊的人馬一手插腰，一手則高舉一根棍棒。他們漫遊在一片由樹葉遮掩的樹林之間，時間彷彿就此靜止，停留在這座中世紀的石森林中。雖然表現手法稍嫌生澀，卻因自有一份質樸且真摯的趣味而益加感人。

❶人馬的傳奇故事曾多次出現在西方藝術家的畫布上，圖為十五世紀的佛羅倫斯畫家菲利比諾・李比所繪的<受傷的人馬>。
❷西班牙托雷多（Toledo）大教堂迴廊裡的一對男女人馬，他們的背上還被加上羽翼。

曼帝可拉 Manticora

曼帝可拉（Manticora, Manticore）是一種源自古代的嗜血食人怪獸。據說牠的名字來自於波斯文「martya」與「xvar」，即「食人的」之意，有人說牠出沒於印度，也有人認為牠來自古代韃靼民族的土地。

曾經在西元五世紀前服務於波斯宮廷的希臘博學家克第西亞（Ktesias）記錄過這種怪獸。根據他的描述，曼帝可拉有三排牙齒，頭部為人，眼睛血紅，身體像獅子，尾巴頂端還有一根像毒蠍的利刺，會發出聽起來像笛子與喇叭混和起來的聲音，跑起來速度極快，嗜吃人肉與其他肉食。

自古代以降，中世紀的各種動物故事寓言集還

❶狀如奔跑中的人頭獅身獸曼帝可拉，轉頭向後張望，尾巴高高翹起，口中還啣咬著剛獲得的戰利品——一截人腿。
❷在這隻曼帝可拉的身上，可發現更多此獸被妖魔化的細節：頭上長角、全身覆滿鱗片，還有魔鬼慣有的膜狀翅膀。
❸有時曼帝可拉的頭上會戴起尖軟帽，或許與牠被認為來自異域的西亞土地有關。

是常可見到牠的蹤跡。或許是牠離奇怪異的外形之故，從古代到中世紀的藝術家都喜歡幻想牠的身形，並不斷地為牠增添各種恐怖的細節。

大體而言，牠總是被表現為具有可怕兇狠的形體：頭部有一張人臉，上下顎各自擁有三層利齒，有時頭上還有角（魔鬼的象徵）；身體為獅子，有時身上還被描繪成滿布鱗片，或是被畫上龍的膜狀翅膀；而牠的尾巴末端有一根像箭頭的利刺，也有說是像刺蝟般的諸多刺針，總之，此蠍子般的毒針能夠從老遠之外就射中敵人，而且此刺針還會重新再長出來；牠的聲音有如笛子與喇叭的合奏聲，意圖模仿人類的聲音，古羅馬的博雅老人普林尼即記載過曼帝可拉的聲音有如人聲（但也有說法指出牠的聲音甜美動人，聞者會自動接近而成為牠口中的犧牲品）。綜括上述的描述，嗜吃生人血肉的曼帝可拉絕對是中世紀被浸注最多魔鬼象徵的想像怪獸之一。

據說曼帝可拉很難被捉獲，但一旦其幼畜被捕捉，獵人即會傷其四肢與尾巴，使毒針不再長出，這麼一來，兇惡的曼帝可拉也就可以被馴服了。

十九世紀的法國小說家福樓貝在他的《聖安東尼的誘惑》裡，曾對曼帝可拉描述如下：

絳紅的皮具有珍珠的光澤，混雜沙漠黃沙那種閃爍的光亮。從我的鼻孔呼出寂寥大地的恐懼感。我無視於疾疫。當他們進入沙漠時，我便奮力捕殺。我的爪子像利鑽；我的牙齒像鋸子；我的尾巴像標槍不停地擲打，打在我的前後左右。小心！

福樓貝以曼帝可拉之口寫下這段敘述，也算讓讀者見識到曼帝可拉的恐怖模樣與威力。

如同人馬的形象可能來自古人將騎在馬背上的騎士與馬誤認為一體，近期有研究亦指出，曼帝可拉的形象也許來自古人見到獅子吃人時的扭曲印象。

❶

❷

❶一隻在星空下漫遊的曼帝可拉。
❷出現在《四腳獸史》（*A History of Four: Footed Beasts*）裡的曼帝可拉，大嘴張開，滿口利齒被凸顯出來，其尾巴末端的刺針也被藝術家所強調。

巴西里斯克（Basilisk）

巴西里斯克（Basilisk，又稱Cockatrice）是一種兇狠異常的怪獸。普林尼曾記錄過這種野獸，說牠生長在利比亞的乾燥沙漠，生性只怕公雞的啼叫聲與鼬鼠的目光，因為只有此兩種生物對其氣息與目光免疫。所以當時的旅人在穿越沙漠時，總不忘記帶隻公雞或鼬鼠傍身，以避免巴西里斯克的攻擊。

巴西里斯克的的希臘名為「regulus」，意即「小王」（little king），因為牠是所有蛇類與爬蟲類之首。據說蛇一看到牠就急急走避，因牠的目光可致之於死；任何鳥類老遠見到牠即迅速飛走，因牠吐出的有毒氣息足以致命。包括人類，從沒有任何生物在經過牠的身邊後可安全而退。凡牠經過的地方，花草樹木也都會乾枯而死，無一倖免。

說到巴西里斯克的外形，牠的頭、脖子乃至胸部都是公雞，胸部以下則成蛇狀，還有一雙翅膀，身上另有白色斑點。以一般「怪獸」的標準而言，牠其實算小，約半英呎左右，甚至有人認為牠是一種美麗的怪獸。一般民間傳說中，巴西里斯克的身世頗為離奇，牠是由「公雞」下蛋後，由癩蝦蟆偷走至溫暖的糞堆旁，並由癩蝦蟆親自孵化而成。

此獸天生害怕鼬鼠，所以有人會將鼬鼠放置於巴西里斯克出沒的洞穴中。另外還有一種殺死牠的方法，這或許是由希臘英雄柏修斯（Perseus）殺死蛇髮怪——美杜莎的靈感而來：據說想殺死牠的人只要準備一只光亮潔淨的玻璃器皿，並由玻璃器皿後觀察巴西里斯克，當此獸看到生人即會用他那能致人於死的目光攻擊敵人；但由於器皿的反射，巴西里斯克最後反將死於自己的致命注視之下。

毫無意外的，巴西里斯克在中世紀也象徵著魔鬼，以其毒大棘棘地殘殺漫不經心的罪人們。

❶

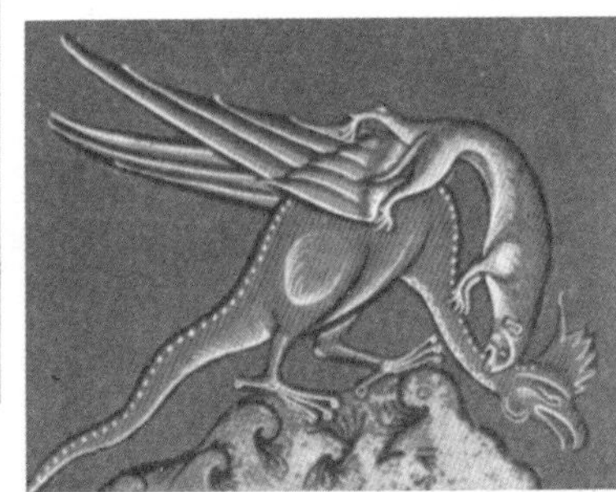

❷

❶巴西里斯克被稱為爬蟲類之首，奇毒無比，牠同時具有公雞與蛇的外型。

❷一隻巴西里斯克正受到比自己體積小許多的天敵——鼬鼠的攻擊。

綠人 Green Man

許多大教堂本身就是一座巨大的石森林，蔓葉、枝藤、苕莨等植物造型不斷的出現在其中，裝飾在教堂的細部平面空間上。在眾多與植物有關的造型中，有葉飾的頭或稱為「樹葉臉」（foliate head或leaf face）是其中最奇特與豐富的形象。

有葉飾的頭，在英國稱為「綠人」（Green man）或「綠傑克」（Jack in the Green），即是指由各種不同的葉飾部分——較常見的植物葉子是苕莨、葡萄、橡樹、罌粟、山楂等，組合而成的頭部（臉龐），而僅保留眼、鼻、口、耳等人的臉部器官特徵，有時亦會有植物從這些器官延伸而出。它們就像躲藏隱身在樹叢綠野中的頑皮鬼怪，一不小心就跳出來襲擊人，但更多時候它們只是寂靜無聲地窺視著世人的一舉一動。

❶

❷

❸

❶綠人自古西亞時代即已出現，並可在歐洲的許多建築物——不論宗教建築或民居中發現。圖為羅馬萬神殿（Panthon）外的綠人。

❷酒神戴奧尼索斯與植物的關係密切，在有關他的圖象上，總是少不了葡萄與葡萄藤點綴。圖為羅馬梵諦岡博物館的戴奧尼索斯雕像。

❸倫敦街頭一棟近代建築物上的綠人，它有著一抹可愛的微笑。

英文的「Green Man」一詞是由芮格蘭女士（Lady Raglan）在一九三九年首創的。綠人的歷史久遠，在中世紀的教堂、石刻、木雕作品、彩繪玻璃或彩繪手卷上都可大量地發現其蹤跡。有學者認為這一主題是由基督教接收自羅馬藝術，並隨著朝聖路線而廣為流傳。但在宗教改革後，綠人逐漸失去蹤影，直到十七、十八世紀的紀念碑或蘇格蘭的墓碑石刻上才又重新現身。尤其到了維多利亞時代，隨著復古風潮，它又成為一個重要的建築裝飾元素。

根據其他考證，有葉飾的頭最早出現在一世紀下半葉的西亞地區，到第二世紀才逐漸流行起來。在早期的形象裡，它是以男性美杜莎（Medusa）的面貌出現，有蛇群在其髮中蠕動。而在與希臘古神祇歐克亞諾斯（Okeanus）有關的早期形象裡，此神具有苔莨或海草的大鬍子，並伴以海豚裝飾在翻騰滾動的鎖鏈中；另外，北歐主神奧丁（Odin）的兒子維達（Vidar），他「耳朵塞滿青苔、亂髮中長出長草、灌木枝橫生交錯在臉上」的形象也似乎與綠人有相似之處。此外，葡萄與葡萄葉飾的臉孔，也經常與希臘酒神戴奧尼索斯（Dionysos）有聯繫。

甚至遠至南亞的印度，也有類似綠人的形象出現。有人推論這可能是印歐語系的老祖先，將古老的傳說或神話經過歐陸，帶入西亞再傳入印度。有研究認為，例如同是印歐民族的塞爾特人認為「三」是非常神聖的數字，所以有時神明會以三人一組的形式被刻畫出來，或是直接以三面神（望向不同方向的三個頭）的樣貌出現，而這一特性就跟隨早期印歐移民的腳步，被帶至印度，保留在三面的濕婆神中。對於印度有類似綠人的圖象出現，還有另一說法則是，中世紀時，經由陸上的絲綢之路與海上的香料之路，東、西方的物品有所交流，也有可能促使綠人的臉孔在陌生的大陸出現。

一般關於綠人出現的起源，最常見的說法還是與基督教傳入前的聖樹崇拜有關。有人認為「綠人」是樹靈的人格化，而將結論不可避免的導向從樹中出走的靈魂，即呼應弗雷澤的「金枝」說。另一種說法認為源自塞爾特人尊崇橡樹的傳統，因為根據塞爾特習俗，在五朔節時會有人打扮成渾身通綠，或是像棵能行走的大樹，稱為「綠色傑克」（Jack of Green）。

十至十三世紀期間，有葉飾的頭通常指涉的是魔鬼（demon），它們代表了魔鬼森林裡的鬼怪與妖魔。到了中世紀中後期時，綠人象徵意義有些微變化，有的仍表示魔鬼，有些則是指失落的靈魂或罪人。而從眼、耳、鼻、口等器官蔓延出來的葉飾或藤蔓，則暗示著由這些感官所犯下的罪行。

獨角獸 Unicorn

獨角獸是經常出現在中世紀的神奇生物。早從巴比倫時代的圓形刻章已有牠的蹤跡，波斯、西亞一帶甚至流行其角是上好藥材的說法。在古羅馬博雅老人普林尼（Pliny）口中，對牠的描述是「一種難以駕馭的動物，身體像馬，頭像鹿，腳似大象，而尾巴像野豬；牠有雄渾的叫聲，一支兩肘長的黑色獨角生於額頭上。據說此獸無法活捉。」

到了中世紀，普林尼的說法還是廣為流傳，只是外觀上有些細節稍微產生變化，譬如有說牠的角分為綠、黑、白三色，或是角的長度不一。但維持不變的是牠奇特、堅硬的獨角。故現今最常見到的獨角獸還是以馬身加上長獨角的形象居多。馬在中世紀是忠誠、勇氣的象徵。其中白馬是英雄、真女、清白之人的坐騎，在某些圖象裡，耶穌也曾以救世主的姿態騎在一匹白馬上；而黑馬則幾乎與魔鬼、死神脫不了關係。

流行於中世紀的傳說指出，獨角獸行動甚為敏捷、迅速，要活捉牠簡直難如登天。但是只要在牠出沒的森林中有一位純潔無暇的處女現身，獨角獸在聞到她的芳香氣味後，就會自動地接近她，並溫馴地將頭靠在她的懷抱，而這也是獵人們唯一可捉住牠的機會。因為此典故的關係，在許多歐洲藝術品中，常可以見到獨角獸溫柔地依偎在美麗少女懷中的畫面。

有些動物故事寓言集還會更詳盡地說道，此處子必須身著長袍，當獨角

❶獨角獸是最受歡迎的奇幻動物之一，單獨而細長的角正是牠最容易被識別的標記。
❷獨角獸行動極為迅捷，只有貞潔的處女現身時，牠才會主動接近。在此柱頭上，獨角獸正馴服地接受處女的撫摸。
❸許多獵人利用獨角獸只肯親近處女的弱點來捕捉牠。圖為一本動物故事寓言集中，獵人捉住躺在處女懷中的獨角獸的場景。
❹一隻在中世紀動物故事寓言集中現身的獨角獸。

❶畫風怪誕的十五世紀法蘭德斯畫家波希，在他的三聯畫名作〈人間逸樂園〉之天堂中，置放了一隻美麗且純白的獨角獸，牠正與其他的動物同伴，安靜地在一隅低頭喝水。
❷巴塞隆納大教堂上，一座獨角獸造型的承霤口。

獸出現時，她會解開胸襟，而獨角獸即自動上前吸吮她的乳房，並沈醉其中；而美麗的處子此時只要伸直了手，緊捉住獨角獸的長角，獵人即可輕易地捕獲牠，並將之呈獻給宮廷裡的王宮貴族。

還有一些文本會提到獨角獸有時會與大象或獅子打鬥，並置之於死。後兩者在中世紀的標準絕對可算是「猛禽」了，一是力大無窮，一是凶猛無比；牠們都是使中世紀人怯畏的生物，獨角獸足與牠們匹敵，可說是對其力量的敬畏與讚揚！

此外，在卡里（J. Carlill）翻譯自拉丁文的《野獸的史詩》（*Epic of the Beast*）還提到獨角獸的另一特性。據說此獸生長之地有一片湖泊，森林裡的所有動物都會來此飲水。但在牠們抵達前，陰險的蛇就會提早一步先將毒液釋放到湖水中。動物們察覺到湖水有異樣自然不敢飲用，此時，牠們會讓到一旁並等候獨角獸的到來。等到獨角獸一抵達，牠會直接進入湖中，用牠的獨角做出十字架的記號；這麼一來，湖水立即清澈，所有的動物也就可以享用飲水。

二十世紀關於獨角獸的故事，或許屬奇幻文學作家彼德・畢格（Peter S. Beagle）的《最後的獨角獸》（*The Last Unicorn*）最讓人津津樂道了。故事講述一隻住在與世隔絕的不老森林裡的獨角獸，在得知自己可能是世界上唯一倖存的獨角獸時，離開了熟悉一輩子的安穩環境，踏上尋找同族的路程。一路上經歷各種險阻與挑戰，在黑暗城堡找到被壞蛋紅牛禁錮的族人。紅牛當然不肯錯過追捕最後一隻獨角獸的機會；此時，路上相識的魔法師將牠轉化為女人，而變為女人的獨角獸又與城堡的王子產生愛戀，讓她陷於解救同伴或沈溺愛河的兩難之境。

無獨有偶的，西班牙在上個世紀八〇年代亦有一本關於獨角獸的歷史小說。不同於上述《最後的獨角獸》裡的淡淡哀愁，在這本《尋找獨角獸》（*En busca del unicornio*）中，作者璜・艾斯拉伐（Juan Eslava Galán）講述了一個諷刺又荒誕的故事：十五世紀末的西班牙，卡斯提亞的亨利四世國王（Enrique IV de Castilla），被戲稱為「不舉者」（el Impotente），由於風聞獨角獸的角在磨粉製藥後，可令男性重振雄風，於是派出一隻探險隊前往非洲叢林搜尋獨角獸的蹤跡。在途中經歷種種考驗與爭執後，終於，他們發現了獨角獸——一切特徵皆符合黑人土著的描述——一隻長長的獨角長在前額的野獸。為了方便捕捉「獨角獸」，探險隊根據一般普遍相信的傳說，備妥了一位當地的黑人處女（其實早先在西班牙就已帶了位白人貞女，只是遠征路上不小心破了身），準備迎往「獨角獸」……

整個中世紀，獨角獸最常象徵的即是基督或聖靈（Holy Ghost），教會用牠來比喻上帝的大能與人的生命力，而牠與處子的關係，更常被比喻為耶穌與瑪麗亞。在民間，也有眾多騎士自詡為獨角獸，熱烈的追尋愛情與名媛。心理學家榮格認為牠尤其像舊約中的耶和華，本來衝動易怒的個性，在遇到童貞女瑪麗亞之後，便安靜、溫馴地躺在她的腿上，臣服於她的力量。

不過獨角獸亦包含有陰邪元素（element of evil），有時也象徵邪惡的力量，例如十四世紀的《古畢歐動物故事寓言集》（*El Bestiario moralizado de Gubbio*）就直指獨角獸象徵魔鬼（diablo）。

●在西班牙戴魯爾（Teruel）大教堂的屋頂，可以見到一幕獵人與獨角獸激戰的場景。

龍 Dragon

整個歐洲中世紀是惡龍出沒、橫行的時代。有關龍的圖象、雕刻、傳說軼事、文學作品多不勝數，傳達出時人對龍的豐富想像。相對於東方對龍的好感，龍在西方傳統向來是邪惡、混亂、黑暗、毀滅的代表，且由於其凶猛異常的威力，牠又經常是寶藏、財富的看守者。

龍象徵罪惡、異端、魔鬼，心理學家榮格認為龍與蛇在基督教神學裡就像魔鬼一樣，代表陰影（shadow），它們都是由人類所投射的巨大影子。

關於龍的形象，在動物故事寓言集裡的描述多為大蛇、有翼能飛天，至於具體的形象細節，就由中世紀的藝術家們自由發揮奇想——畢竟誰也沒有見過龍的真面目。一般說來，龍在中世紀被表現出的特徵大致有：膜狀的雙翅（翅膀極可能是由魔鬼源自墮落天使的靈感而來，而膜狀翅是蝙蝠的象徵，牠常與黑暗、邪惡有關連），蛇身或爬蟲類的身體，有兩足（爪）或四足（爪），爬蟲類的尾巴，野獸的頭、顯而易見的利齒。

例如龍的外形在十三世紀的《野獸之書》（*The book of beasts*）裡的描述為：牠

●龍是最常出現在西方藝術與文學的主題之一，不同於東方的龍多帶有祥瑞之意，西方的龍幾乎全是「惡龍」，欺壓百姓、覬覦寶藏、危害莊稼、掠食牲畜，都是牠們常做的事情。

是所有蛇類中最大者，若不待在洞穴，則常飛入天空，頭有冠（雖然書中的插圖並未將此特點畫出），小口，還有細長的咽喉加上強有力的尾巴。在另一本十三世紀以阿拉伯文寫成的動物誌，《心之歡愉》(*Nuzhatu-l-Qulūb*或*Hearts Delight*)裡的形容則是牠有龐大而長型的身體，外形恐怖，有一張大嘴與許多牙齒，眼睛像在燃燒。有趣的是本書中提到「當蛇找到適當機會，則變成龍」，與中國的「鯉魚躍龍門」頗有異曲同工之處。

龍是中世紀教堂非常喜愛使用的裝飾元素。牠們作為承霤口端踞在教堂的高牆之上，或者作為點綴出現在浮雕的一隅，甚至在聖骨匣、宗教禮具上都可發現其蹤跡。

❶大約繪於西元一〇二五～一〇五〇年，盎格魯撒克遜人眼中的維京戰船。古維京人喜愛在他們的船首雕刻龍頭，因其對敵人頗有驚懼威嚇的作用。而且據說船長在駛進家鄉的港口之前，必須將此龍首移走，以免嚇壞岸上的神靈。

❷葡萄牙布拉加（Braga）大教堂上的一個龍頭形承霤口。

❸西班牙赫羅納（Gerona）大教堂木門上的門扣，巧妙的令人聯想起一張龍的臉孔。

❹龍的形象多有幾點基本特徵：蛇（爬蟲類）身、蝙蝠的膜狀翅、利爪與利齒等，此外藝術家也常賦予牠更多恐怖的利器。圖為版畫作品中，幾種不同的龍的形象。

屠龍（Dragon Slayer）

「屠龍」是中世紀藝術常見的主題，象徵善戰勝惡、光明打倒黑暗、英雄收服邪惡。被擊殺的龍也常由另一個被公認為惡獸的爬蟲——蛇所取代。據說此傳說原型來自於太陽神阿波羅殺死吐火蛇怪派森（Python）。此外，希臘神話裡的英雄柏修斯（Perseus）與赫丘力斯（Hercules） 也有類似的屠蛇、殺海怪並解救美人的傳奇事蹟。

話說自負的衣索匹亞王后卡西歐佩亞（Cassiopeia），宣稱自己的女兒安德柔美妲（Andromeda）比海神涅羅士（Nereus）的女兒還要美麗，導致其人民大量地被蛇怪吞食；神諭指示唯有獻出安德柔美妲才可消災，於是安德柔美妲被綁在海邊等待海蛇來臨。這時，剛殺死女蛇怪美杜莎的英雄柏修斯（Perseus），回途經過衣索匹亞，在那兒發現正等著被大海蛇吞吃的少女，對她一見鍾情，遂在其身旁等候大蛇到來，然後伺機砍下蛇頭，解救了安德柔美妲，並娶得美人歸。

而大力士赫丘力斯（Hercules）還在襁褓時，有一天晚上天后赫拉（Hera）故意放兩條大蛇溜到他的床邊，小赫丘力斯坐起來，捉住吐信的大蛇不放，就此勒斃巨蛇。而成年後的赫丘力斯，也曾殺死兇惡的九頭蛇賀德拉（Hydra），此蛇有一頭為長生不死，其餘的八個頭只要砍下一頭，立即生出兩頭。赫丘力斯最後利用滾燙的烙鐵將砍掉的蛇頭燒焦，使其無法再長出頭來；而那長生不死的頭，則被埋入大石底下。

這故事似乎暗示了惡蛇（或龍）只能被深埋，卻無法被根除；且總是等待適當時

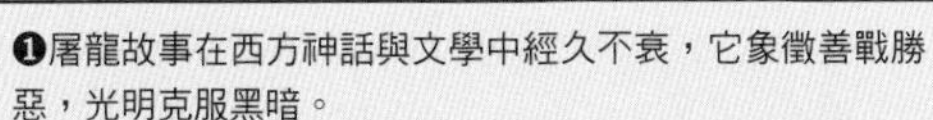

❶屠龍故事在西方神話與文學中經久不衰，它象徵善戰勝惡，光明克服黑暗。

❷梵諦岡博物館收藏的牧杖，它的一端巧妙的以聖米迦勒屠龍的故事來裝飾。

機，脫韁而出。就像啟示錄中的惡龍與野獸，也同樣是位於無底深淵，伺機蠢動。

在另一則希臘神話《金羊毛》故事中，珍貴的金羊毛乃由一隻大蛇看守。幸虧有癡情女梅蒂亞（Medea）的幫助，以歌聲催眠大蛇後，伊阿宋（Jason，中文或譯傑生）才得以順利取得金羊毛。

到了中世紀，民間傳說中最為人熟知的屠龍英雄，有八世紀的盎格魯-薩克遜的貝奧武甫（Beowulf），還有十三世紀日耳曼人的《尼貝龍根之歌》（*Nibelungenlied*）裡的西格弗里（Siegfried）。兩位英雄所刺殺的龍，都是危害鄉里同時守護稀有寶藏。

例如《尼貝龍根之歌》關於屠龍的情節即是：巨人族由工藝精湛的矮人族手中，奪走用萊茵河底的黃金打造而成的神奇指環，並由一隻惡龍看守。英雄西格弗里（Siegfried）用寶劍殺死惡獸，龍血飛濺到他的手上，西格弗里順勢舔去，從此便能聽懂鳥語；又用龍血沐浴，於是獲致刀槍不入的神力。十九世紀時，音樂家華格納用了二十餘年的時間，將此情節繁浩的故事改編成歌劇「尼貝龍根的指環」（Der Ring des Nibelungen），屠龍情節即在西格弗里（Siegfried）一幕中上演。

而基督教裡更是充滿奮勇抗龍、屠龍的聖徒，如聖米迦勒（St. Michael）、聖喬治（St. George）、聖瑪格麗特（St. Margaret）、聖瑪大（St. Martha）、聖雷門（St. Romain）、聖參孫（St. Samson）、聖菲利普（St. Phillip of Bethsaida）等。其中又以聖喬治屠龍的故事最為人知，廣泛地被描繪在歐洲的藝術作品中，而他本人也成為民間最受歡迎的聖徒之一。

說到聖喬治（Saint George，San Jorge），這位不斷被再現於西方藝術中的屠龍英雄，一般咸認為他是基督教早期的殉教者，生前可能是羅馬士兵，大約在西元三〇三年於巴勒斯坦就義。之後，他被許多地方供為守護聖者（patron saint），如英格蘭、威尼斯、熱那亞、葡萄牙等地；並常被視為騎士的典範，每年的四月二十三日為其節日。

然而絕大部分有關這位聖徒的故事都是杜撰的。六世紀的希臘文本記述他在殉教前經歷過八天的酷刑，包括被長槍刺傷、鞭笞、下毒、丟入生石灰中、穿熱燙的鐵鞋跑步等，最終被斬首而亡；而拉丁文本更進一步地將酷刑延長為七年，並加上更多的奇蹟軼事。

但他最為人熟知的還是屠龍的故事，首見於十三世紀的《黃金傳奇》（*Legenda aurea*）一書，故事說道：有一天聖喬治來到一座異教徒的城市，

❶圖為一五〇五年，文藝復興三傑之一的拉斐爾所繪製的聖喬治與龍，收藏於法國羅浮宮美術館。
❷哈克馬特繪於一四五一～一四五八年間的聖瑪格麗特屠龍，收藏於西班牙國立加泰隆尼亞美術館。
❸聖米迦勒戰勝惡龍，作者佚名，約繪於一一七〇年，收藏於美國洛杉磯保羅蓋提美術館。

那裡的居民正為附近湖中的一條惡龍所苦，並且被迫每天獻上一個活人以供其食用。不久輪到國王的女兒要被獻祭，途經此地的聖喬治便用長槍刺穿惡龍，又用公主的束腰將牠綁住，最後將之帶回城中斬首示眾。頃刻之間，全城的異教居民立刻改宗為基督徒，匍匐於上帝的腳下。

而在西班牙的巴塞隆納，則流傳著另一則屠龍故事：

在鄰近巴塞隆納的聖羅倫佐（Sant Llorenç）山區有一處「龍洞」（la cueva del Dragón），其名由來如下：據說在阿拉伯人占領西班牙時期，由於擔心基督徒勇敢堅毅的精神，會使他們征服整個伊比利半島的行動受挫，於是伊斯蘭教徒從非洲帶來了一隻小龍以助其攻城掠地，並先將之眷養在聖羅倫佐的山洞中。此「奔似公牛，飛似猛禽」的小龍，剛開始只吃阿拉伯人餵食的綿羊，但日漸長大後，開始大量的吃食牲畜並攻擊人類，使整個地區瀰漫著恐怖的氣氛。

一名叫做基弗雷（Guifré）的伯爵見此情景後，命令騎士司貝斯（Spes）率領數位同伴前去擊殺惡龍；但此次行動完全失敗，騎士們落得狼狽而歸。於是伯爵親自出征，配戴了劍、長矛與一根粗大的樹枝上陣。大戰幾回合下來，卻絲毫傷不了此獸，樹枝還被牠截成兩段。奇怪的是，隨著惡龍的移動，斷成兩截的樹幹竟成了十字架並安立在地上，這對伯爵來說不啻是個好兆頭，於是他又傾力揮劍猛攻，但總又傷不了惡龍，而且還被牠的利爪攫住，帶往空中。然而，伯爵並不灰心，在向地面的十字架行注目禮後，他又揮舞長矛，最後終於刺中惡龍的心臟，結束了牠的性命。

從此，惡龍被殺的山岡就叫做「十字架之丘」（el Cerro de la Cruz）。而死後的惡龍，由伯爵將其皮取下，在其中填充麥稈並帶往巴塞隆納，讓大眾都可觀賞到這隻恐怖的惡龍，同時讚揚伯爵的英勇。

●聖喬治是歐洲許多地方、城市的守護聖者，他的屠龍故事也不斷地在歐陸各地被重現。圖為巴塞隆納舊城區的一座石雕作品，展現聖喬治騎在駿馬上，正要將長槍刺往在馬蹄下動彈不得的惡龍（長槍已不復見）。

淫婦 Lustful Women

你們聽見有話說：「不可奸淫」。只是我告訴你們：凡看見婦女就動淫念的，這人心裡已經與她犯奸淫了。若是你的右眼叫你跌倒，就剜出來丟掉，寧可失去百體中的一體，不叫全身丟在地獄裡；若是右手叫你跌倒，就砍下來丟掉，寧可失去百體中的一體，不叫全身下入地獄。

《馬太福音 5:27-30》

●《聖經》＜啟示錄＞中的淫婦，她正騎在七頭十角的恐怖怪獸身上。

裸露身體的女人，曾經出現在無數的古典希臘羅馬藝術中，她們美麗的體態與動人的臉龐，讓多少人沈溺在完美與和諧的理想境界。但自從基督教勢力坐大之後，此等赤身露體的不檢點行為，當然是不被教會允許和容忍的。所以在漫長的中世紀，有關女人的圖象幾乎都是被厚實的衣物裹住。當然，有時我們可見到被加諸各種酷刑的聖女，她們光著身子被施以鞭刑，或被人在性器官上凌虐（如切除乳房）。

在羅曼藝術時期，裸露身體的女子通常有兩種意象，一是人類的母親——夏娃，另一則是肉慾之罪（lust，lujuria），通常表現為一赤身露體的女子（亦即淫婦），伴有蛇、青蛙（癩蛤蟆）在吸吮、咬嚙她的乳房或陰部。

在十二世紀法國宮廷擔任過總管職務的艾迪昂（Etienne de Fougeres），在他的《舉止書》（*Livre des manieres*）中有以下詩句，很有可能即是受到某個羅曼式作品中裸女圖象的啟發：

蛤蟆、蛇與烏龜
懸掛在她裸露的乳房上
唉！那些輕佻女的風流韻事

是多麼地不堪入目啊。

女人與蛇的主題其實可以追溯至希臘時期，從混沌而生的大地之母——蓋雅（Gea），在當時就被表現為用乳房哺育萬物的形象；而在後起的羅馬帝國，她也被描繪成手執裝滿花果的豐饒角①、身邊有動物環繞的模樣。再由此衍生出兩個小娃坐在蓋雅膝上或懷中，有時亦有家禽或蛇圍繞在旁等的圖象。八世紀中葉興起的加洛林王朝接收了此一圖象，並將她轉化成補足耶穌基督所缺乏的母性象徵。一直到十一世紀，此圖象才被類型化為肉慾之罪的表徵，小孩又被象徵魔鬼的蛇取代，另外又增添了青蛙，一起在赤裸的女性身上作惡。

青蛙在基督教脈絡中乃象徵邪靈、污穢的靈魂，因此常被與魔鬼、地獄聯想在一起。其出處來自＜啟示錄16:13-14＞：

我又看見三個污穢的靈，好像青蛙，從龍口、獸口並假先知的口中出來。他們本是鬼魔的靈，施行奇事，出去到普天下眾王那裡，叫他們在神全能者的大日聚集爭戰。

值得一提的是，蓋雅的貶抑與聖母崇拜可以說是同時發生的。自十一世紀以來，聖母瑪麗亞越來越受到一般大眾的關注，有關她的圖象資料也不斷地在快速增加。畢竟對人們來說她以處子之身生下人子耶穌，似乎滌清了人類的母親——夏娃所犯的原罪，再者，對比起從天而降的耶穌，瑪麗亞更是位有血淚而活生生的「人」，於是乎她悲苦又慈愛的女性形象為她贏得更多庶民百姓的好感。洞悉此事實的天主教會亦善加利用她溫暖、純潔、人性的特徵來取代一般農民對舊有大地女神的依戀。

聖奧古斯丁、聖伯爾納及其他更多的男性為了一心伺主、杜絕情色的誘惑而走向孤立卓絕的修道院生活。然而，就像二十世紀的神話學大師坎培爾（J. Campbell）在其巨著《千面英雄》（*The Hero with A Thousand Faces*）所說的：

即使是修道院的高牆，即使是最遙遠的沙漠都無法防範女人的出現，因為只要隱士的皮肉仍然黏在骨頭上，只要他那博動著的血液仍然是熱的，生命的形象就會隨時準備對他的腦袋發起猛攻。

即使是在修道院的高牆內，在發誓終身守貞的修士面前，魔鬼（=蛇=女

① 「豐饒角」即是用牛角等容器盛裝滿滿的水果或穀類、花卉，有豐饒、肥沃等寓意。關於豐饒角的由來，據說乃是因為大力士赫丘力斯（Hercules）與河神亞齊勒斯（Achelous），同時愛上美麗的公主黛安妮拉（Deianira），亞齊勒斯化身為公牛與情敵爭鬥，但最後仍不敵赫丘力斯，還被他折斷一支牛角。赫丘力斯將斷角交給仙子們，而她們將世上所有的水果裝入其中。另一說是此角乃是宙斯奶媽——母羊阿莫西亞的，宙斯將它折斷，裝上水果，再送給仙女們。

人）仍然是不會錯過一絲一毫的機會，隨時準備蠱惑修士的信心。

另外，在《聖經》啟示錄中另有一位大名鼎鼎的淫婦，陪伴在側的是一隻七頭十角的恐怖怪獸。其典故源自<啟示錄17:1-6>：

……我被聖靈感動，天使帶我到曠野去，我就看見一個女人騎在朱紅色的獸上；那獸有七頭十角，遍體有褻瀆的名號。那女人穿著紫色和朱紅色的衣服，用金子、寶石、珍珠為妝飾；手拿金杯，杯中盛滿了可憎之物，就是她淫亂的污穢。在她額上有明寫著說：「奧秘哉！大巴比倫，作世上的淫婦和一切可憎之物的母。」……

此淫婦字面上指的奢華又頹廢的是巴比倫城，但實則指稱聖約翰撰寫福音書時，驕奢腐敗的異教文化之首——羅馬帝國。淫婦身上的華服與裝飾，被解釋為用美麗的糖衣來迷眩取悅異教徒，閃亮的金杯裡則是裝滿邪惡的異端思想。而怪獸的七頭十角指的是羅馬的七座山（當時人稱七山之城）與由羅馬號召組成的十國聯盟。

❶此圖為西班牙吉羅納大教堂中的一幅石刻酷刑圖。畫面最左邊是兩名受火刑的淫婦，身上有蛇爬行、並咬嚙其乳房，她們的雙手扶額，象徵絕望。中間三名罪人正在大鍋中被烹煮，左右各有一位頭上有角的小鬼讓兩名罪人頭向下的倒立著。畫面最右邊的小鬼則高高地舉起鞭子，準備抽打罪人。
❷從史前時代開始，女性／女神／大地之母的形象就常強調豐滿的乳房與臀部。在古典希臘-羅馬時期，還可看見同時擁有多個乳房的女神。圖為梵諦岡博物館收藏的黛安娜女神雕像。
❸座落於羅馬古城區（Palatino）廢墟中的一座女妖雕像，牠擁有美麗的羽翼，同時胸前具有多個乳房。

怪人、畸形種族（上）Monstrous Races

西元前六世紀，擅長說故事的希臘人伊索，曾說了一個衣索比亞人的故事。有人買了一個衣索比亞人，以為他的皮膚那麼黑，是因為從前的主人沒有好好照顧他的緣故；所以回到家後，就拿出所有的肥皂來幫他清洗，並給他最好的照料。結果衣索比亞人的膚色不但沒有改變，還因過多的照顧而生病了。

對於來自異文化的他者，不論中外，各個民族多曾有過度的猜測或遐想。在此小節中，我們主要討論的是數量豐富的「怪人」形象。他們的出現，可以追溯至古希臘羅馬時代，有些民族隨時光流逝，自然退出舞台；有些民族停留下來，並由中世紀人加入更多的「特徵」，也有一些是古民族的變形體，當然，也有些是中世紀人的發明。不過，概括地說，很多是在希羅時代就定型而繼續流傳至整個中世紀時代，例如狗頭人（dog-head men或稱Cynocephali）與Blemmyae就是歷久不衰，普遍在中世紀流傳。事實上，中世紀從來沒有與上古世界斷絕關係，反而從中不斷吸取元素，應用在自己的想像上。尤其是哥德藝術中的幻想性，很多元素皆來自古代世界（antigüedades）與異國情調（exotismos）。

這些特異、怪奇的民族，幾乎指涉的都是「外國人」（exotic people），尤其印度與衣索比亞更是他們最常現身的地方。不過這裡的「印度」，並非現今地理上的印度，而是泛指遙遠的東方；而「衣索比亞」，則泛指黑色的非洲大陸。然而隨著歐人地理知識的逐漸開拓，遠至北方的西伯利亞也有怪人的蹤影。這些地區的共通點是氣候異常，不是特別乾旱炎熱就是天寒地凍，人跡罕至。對中世紀人來說，相對於自己居住於世界的「中

●圖為中世紀手抄卷中的三位怪人，由左至右分別是：臉孔長在胸前的Blemmyae、終日高舉大獨腳的Sciopod、全身毛髮又手持盾棒的獨眼巨人Cyclops。摘自十五世紀早期的《奇景之書》（*Livre de Merveilles*），目前本書收藏於巴黎國家圖書館。

❶
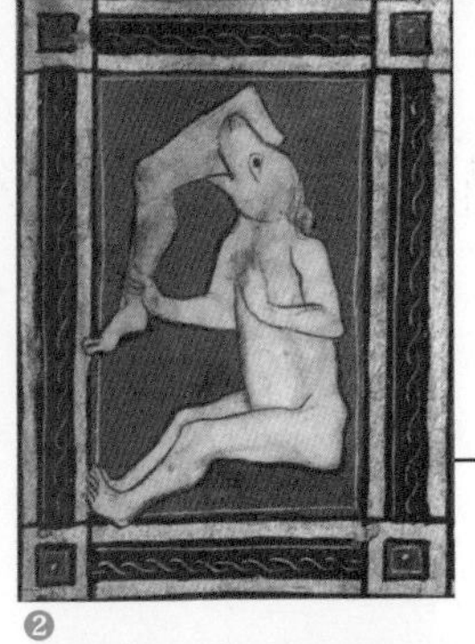
❷

❸

❹

❶怪人Blemmyae，他們沒有頭與頸，五官全長於胸前。
❷怪人Cynocephali，他們的頭乃是狗頭，個性兇殘。
❸怪人Epiphagi，他們的外表近似Blemmyae，只是雙眼長在肩膀上。
❹怪人Troglodytes，他們的行動異常迅速，可以輕易捕獲移動中的獵物。

心」，這些地方即是世界的邊緣，是不受上帝眷顧的荒地，任何詭譎離奇的事物都可能發生，而怪人出現在這裡更是自然不過的事。

「非我族類，其心可異」，這是中國老祖宗的訓誡。對中世紀的基督徒而言，不同種族／宗教的人，不只是其心，其形更是爭議的重點。

自古希臘、羅馬時代以來，西方人對東方古國或遙遠異國的想像力就沒有中斷過。從西元前五世紀的希臘史學家克第西亞（Ctesias或Ktesias）與西元前四世紀的麥加斯梯尼（Megasthenes）、亞歷山大大帝（Alexander the Great）所記錄下的傳奇見聞錄，到老普林尼（Pliny the Elder）的《自然史》（*Nature history*），以至於中世紀為數眾多的東方見聞錄、奇聞軼事、遊記等，如六世紀塞維亞的伊西多羅（Isidoro de Sevilla）的著作到十四、十五世紀的皮耶・戴力（Pierre d'Ailly）的《世界印象》（*Imago Mundi*），或者是馬可波羅的東方遊記，從它們歷久不衰的受歡迎程度，就可見識到西方人對東方異國情調一廂情願卻又滿懷浪漫的憧憬，從古代到中世紀，乃至現代都沒改變過。從形體外觀、身高大小、風俗習慣、所持的配件，都可以是他們發揮想像力的重點。

以下即是一些自希臘時代流傳下來的奇特種族：

Blemmyae：他們的臉龐，包括雙眼、鼻子、嘴巴都長在肩膀以下（即胸前），而沒有一般人類應具有的頭顱與脖子，居住在利比亞的沙漠，是中世紀最具代表性的「怪人」之一。另有一稱為「Epiphagi」的種族，外表近似Blemmyae，普林尼說其唯一不同處是他們的雙眼長在肩膀上。另據某些資料記載，他們呈現耀眼的金黃色，住在尼羅河或印度。

Cynocephali（狗頭人）：語意指「狗頭」（dog-head），即頭為狗，身體為人。他們是極為聰明卻又殘酷的民族，有食人的習慣，因此常對人類構成威脅。根據克第西亞（Ctesias）的說法，他們彼此以吠叫聲溝通，穿著動物的皮革，住在印度山區的洞穴。他們亦是迅捷的獵人，能操劍、弓、矛。在亞歷山大傳奇裡，他們除了以上的特點，還有巨牙、能吐火。馬可波羅曾提到在安達曼島發現他們的蹤跡。有學者則認為他們就是後來民間傳說中狼人的前身。

Cynocephali與基督教還有更深一層的淵源，據說此族人被視為是在《聖經》〈創世紀〉中犯了弒兄之罪的該隱（Cain）的後代子孫，他們的獸性就是當初與魔鬼合作而遺留下來的。也有說法指出基督教信仰馴服了這些兇殘的Cynocephali，使之改邪歸正，教會並允許極少數的Cynocephali與人類通婚。這些婚姻產下的後代，其外形與人類無異，但一旦他們受到魔鬼的引誘而失去理性或者是背離基督教教義時，他們內心蟄伏的獸性即會被喚起，並重新變形為Cynocephali。

Sciopods：語意為「有影腳」（shadow-foot），亦即用腳產生影子。此族人只有一隻腳，但行動時卻迅捷異常，他們的腳底天生就有厚厚的保護

❶獨眼巨人Cyclops，他們的特徵即是一隻又大又圓的獨眼。
❷怪人Sciopods，他們生長於炙熱的印度，經常舉起獨有的一隻大腳遮陽。

層，使他們即使在炙人的印度土地上跳躍移動時，也不需任何防護措施。他們常鎮日躺著，舉起其大腳有若一把遮陽傘，用來遮擋印度赤熱的陽光。

Cyclops：獨眼巨人族，語意即「大圓眼」（round-eye），只有一隻大眼長在正常眼睛的位置。荷馬與維吉爾（Virgil）筆下的獨眼巨人住在西西里島（Sicily），但也有人認為獨眼巨人生長於印度。甚至連新疆阿爾泰山山麓自古也有獨眼巨人的傳說與岩畫流傳下來。

一般相信Cyclops非常喜愛收藏金銀珠寶等珍稀物品，十四世紀的英國旅行家約翰・曼德維爾爵士（Sir John Mandeville）就曾在他的旅遊日誌中記載，印度的Cyclops會從他們的鄰居，同樣以看守寶物出名的鷹首獅身獸葛瑞芬（Griffins）處偷走好些寶貝，這導致他們經常處於交戰狀態。此外，Cyclops據說是嗜吃生肉的肉食族，常將獵物用棍棒毆打至死再大快朵頤；又說他們非常的自私與貪婪，不喜歡將戰利品與族人分享，因此他們通常都是離群索居，獨自行動。另有一支名為Monoculi的獨眼族，應為Cyclops的變形體。

❶

❷

❸

❹

❶怪人Amyctyrae，他們有非常突出醒目的下唇或上唇，可以當作遮陽傘使用。本圖中，他被描繪為雙唇如大月牙般翹起，還須靠雙手撐扶住才不至於掉落。
❷怪人Anthropophagi，他們是不折不扣的食人族。
❸怪人Himantopodes，他們擁有如細繩般的雙腳。圖中Himantopodes的女子，雖沒有被描繪成擁有如細繩般的雙腳，但中世紀畫師卻另外給她添上了一隻細長的枴杖以代替細繩腳的概念。
❹怪人Artibatirae，他們以四肢行走。

Troglodytes：語意即「穴爬人」（hole-creepers），不交談，居住在衣索比亞沙漠的洞穴中。他們移動非常迅速，可以輕易地捉獲行動中的獵物。

Amyctyrae：語意即「不友善」（unsociable），他們有非常突出醒目的下唇（有時是上唇），可以當作遮陽傘使用，以生肉為食。

Anthropophagi：語意即「食人者」（man-eater），此族以人類的頭蓋骨暢飲，又將人頭與頭皮穿戴在胸前，較後期的傳說還說他們會將年邁的父母吃掉。

●怪人Astomi，他們不吃不喝，靠聞樹根、花朵、水果（尤其是蘋果）為生。

Himantopodes：語意即「細繩腳」（strap-feet），一支具有細長、繩子般雙腳的東方民族。

Artibatirae：普林尼說此族人曲匐著身子，如野獸般的以四肢行走。

Astomi或稱Apple-smellers：Astomi指「沒有嘴巴」（mouthless），他們全身長滿毛髮，但有穿棉衫或以樹葉遮身；他們以嗅覺維生，既不吃也不喝，而是以聞樹根、花朵、水果果腹，尤其是蘋果，若聞到不良的氣味會喪生。居住在印度最東邊，恆河的上游。在圖象上經常以手持蘋果的樣貌出現。

Pygmies：矮黑人族；只有1腕尺（cubit）半到2腕尺（腕尺或肘尺為古代測量單位，指手肘至中指末端，約18至22英吋）高，其牲畜亦成比例的縮小。他們沒有紡織技藝，卻能將長髮編成衣服。在稍晚的中世紀，矮黑人與侏儒族常被混為一談。他們也是最早的古怪民族之一，在荷馬、希羅多德（Herodotus）的作品中都曾出現，希羅多德說他們住在非洲，克第西亞（Ctesias）與麥加斯梯尼（Megasthenes）卻將他們置放於印度。

Panotii：語意為「整個是耳朵」（all-ears），比另一支擁有可蓋住手肘的大耳朵，叫做Pandae的民族耳朵更大，可長達腳部，此雙耳甚至可當作毯子使用。他們非常害羞，見到旅人即展開雙耳，如有翅膀般的飛走。

除了上述的幾種怪異民族之外，尚有其他更多的怪人，如Hippopodes，普林尼說此族人下半身為馬蹄，而非一般人的雙腳。Donestre，他們會假裝能講其所遇到的任何旅人的語言，還會聲稱認識旅人的親友，而後將之殺害並俯在其頭上哀嚎。另外還有雙腳向後生長的Abarimon、只有一隻腳的民族Monocoli、同時具有男女雙方生殖器的Androgini。而Bragmanni則是鎮日待在洞穴中的印度赤身智者，普林尼說此族人終日站在火中，凝視著太陽，其名稱應該是由婆羅門（Brahman）一詞謬誤而來。Sciritae族，根據麥加斯梯尼（Megasthenes）所言，他們身材嬌小，沒有鼻子。還有一支用麥稈吃喝東西的民族，普林尼也提到此族人沒有鼻，亦無嘴；他們以臉上的一個小孔呼吸，吃、喝東西時，則依靠一根麥桿進行。另外Antipodes則是有一雙向後生長的腳板。

在符號語言學大師艾可（Umberto de Eco）的歷史偵探小說《玫瑰的名字》裡，即將舉行兩派人馬大辯論的十四世紀的修道院會堂入口、門拱上方，中央繪有坐在寶座上的基督，在基督上方的外圍弧形嵌板，則表現了一系列形形色色的怪異人種，艾可藉由見習僧埃森的眼睛，將此詭譎的畫面生動地描述出來：

……有一道三十個圓框造成的弧形，畫著未知世界的居民。有許多我十分陌生，另一些我卻認得出來。例如，每隻手都長有六根手指的怪人；生下來是蟲，在樹皮和果肉之間發育的半人半羊怪物；誘惑海員的人魚；衣索匹亞人，全身都是黑的，挖坑穴居屏蔽火熱的太陽；人手騾身怪物，前半截是人，後半截是騾子；獨眼巨人，僅有的一隻眼睛大如盾牌；石妖，頭與胸儼然是個女子，腹部如母狼，還有海豚的尾巴；毛茸茸的印度人，住在沼澤及亞北河畔；狗頭怪，說話用吠的；獨腳人，單憑一隻腳卻能跑得很快，當他們要遮檔陽光時，只要躺下來，舉起傘一般的大腳板即可；希臘的無嘴人，沒有嘴巴，僅靠鼻子呼吸空氣而活；亞美尼亞留鬍子的女人；矮黑人；無頭人，天生無頭，嘴巴長在肚子上，眼睛長在肩上；紅海的魔女，高十二呎，髮長及桌，脊柱後拖了一條牛尾，還有駱駝蹄；以及腳板長反的人，因此，如果順著他們的足跡而行，只會走到他們來的地方，絕不會走到他們去的地方；還有三頭怪人；眼睛閃亮如燈火的怪物；塞斯島的惡魔，人身卻有各種動物頭的怪物……

仔細凝視完這畫面後，年輕而有深刻信念的埃森總結道（或許也是同時期人的體悟），這些奇異的外族人，並不會使人感到不安，因為他們並不代表人世間的惡魔或地獄的殘酷刑罰。他們所象徵的是，有一天基督的福音，必會到達未知世界的見證者；他們的存在，是對一個波瀾壯闊的基督教世界必將來臨的承諾。

❶

❷

❶怪人Antipodes，他們的雙腳乃是向後生長的。
❷怪人Panotii，他們的最大特徵即是一雙大耳朵，本圖中，他們被描繪成必須將耳朵纏繞在雙臂才得以行走的模樣。

怪人、畸形種族（下）Monstrous Races

中世紀的基督徒大費周章、煞有其事地在非基督徒的土地上尋覓各種怪人的蹤跡，深怕異域裡根本沒有怪人的影子，或者異教徒長的是「正常」甚至是美麗的。

當十五世紀末期哥倫布前往探索新世界時，心裡早已預設了將在新大陸遭逢各種身形畸形、不尋常的種族。當第一次抵達他錯認為印度的美洲時，他非常訝異於當地的居民並沒有「身體上的畸形」，並將此事慎重地寫信報

❶

❷

❶各式各樣位於「遠方」的奇異種族，繪於十五世紀。
❷在杜勒畫的這張名為〈奧斯華・克雷爾〉（Oswolt Krel）的肖像畫中，背景的兩旁可見到兩位全身滿是毛髮、揮舞著棍棒的野人。本圖目前收藏於德國慕尼黑古代美術館。

告給西班牙女王伊莎貝拉（Isabel La Católica）知曉：「到目前為止，我尚未找到任何如預期中眾多的畸形人，相反地，這些民族應被視為好看的，除了……一支部落……他們吃人肉……但他們也不比其他民族醜怪。」此事傳到當時歐洲大眾的耳裡，曾導致民眾集體幻想的破滅。因此同時代的詩人達第（Dati）在一四九三年寫了兩首關於「印度人」的詩歌，提供了「令人滿意的奇想，以補足哥倫布信中叫人失望的真相」。

對於這些畸形、怪異民族的天馬行空式的想像，可說奠基於兩個基礎；一是優越感作祟，一是對未知恐懼的投射。每個民族在想像其他民族時，通常都是貶低別人藉以提高自己。歐人在他們的傳奇、東方見聞錄裡醜化、戲謔外國民族，我們的《西遊記》也充斥著妖精，各種古靈精怪的奇想！又如好萊塢電影工業在形塑外星人時，也是對異於地球人的外星生物形體極盡空想之能事。甚至不說遠的，好萊塢商業電影在處理東方（印度、中國、東南亞國家）的角色時，至今仍經常嘲謔當地人的風俗民情，或加諸各種畫蛇添足的想像。

我們必須瞭解到中世紀人的生活空間往往只在於自己的家庭、工作場所、教堂之間，遠一點的，或許會到某些聖地朝聖。對於活在自己實存空間之內的親朋教友，也是作為上帝唯一選民的基督徒，他們認為自己的樣貌是依神而造，自然覺得異教番邦之民一定不及他們美麗，並且「應該是」野蠻而未開化的。而且在交通阻絕的時代，沙漠、叢林峻嶺、沼澤等不為人熟悉的領域，常代表著恐懼、敵意，一些可怖、野蠻的事情容易在此發生。就這樣，這些地方提供了很好的想像空間讓中世紀人的幻想無限飛馳。

對這些「怪人」的想像，其巔峰期

是中世紀盛期，進入中世紀晚期後，由於地理知識的增加、對外交通的拓展，這種想像力的馳騁就慢了下來；到了文藝復興時期，隨著理性思維抬頭、地理大發現開拓歐人的眼界，「怪人」的蹤跡就更難尋覓了。

十五世紀後，隨著新大陸與殖民地並沒有怪人生長的現象，導致歐人對怪人的集體想像幻滅，所有身形怪異的種族被歸納為一個意象——手持木棒、全身毛茸茸的野人。但相較於其他身形特異的種族，「野人」可以說是相當接近正常人的怪人了。

R. Bernheimer在《中世紀野人：藝術、情感、魔鬼學研究》（*Wild Men in the Middle Ages: a study in art, sentiment, and demonology*）一書裡對中世紀「野人」的定義如下：他是一個奇異地複合了人與動物特徵、毛茸

❶西班牙巴塞隆納大教堂上，猿猴造型的承霤口。牠不僅配戴鈴鐺項圈，懷中還摟著一位孩童。❷西班牙巴塞隆納大教堂上的野人形承霤口。他有長髮、長毛，手上還拿著一根棍棒。❸西班牙巴塞隆納大教堂上的野人形承霤口。他的腰背間僅圍了一片像是樹葉的遮掩物。❹兩位手持棍棒與盾牌的野人駐守在西班牙亞維拉（Ávila）大教堂的門口，他們身上的毛髮被刻畫如綿羊般，糾結成小球的形狀。❺西班牙布爾苟斯（Burgos）大教堂的一個野人。其身上的毛髮亦是糾結成小球狀。

●一個野人家庭現身在中世紀彩色手卷下方。女野人懷抱小野人，男野人則手持木棍，駐守在一旁。

茸的人，然而，卻又不是猿猴（ape）之屬，他在其人類的赤裸構造上展示出毛髮的生長，只在臉、腳、手，有時加上膝蓋與手肘等區域留下空白，女野人有時也會在胸前保留空白。

野人常被展現為揮舞一枝沉重的木棒或木槌，或一根樹幹，又由於他除了多毛的外表之外，通常是赤裸裸的，所以他可能用一片捲曲的葉片圍住他的腰際以遮掩。雖然野人的形體早已趨近正常人類，但由其全身滿覆的毛髮與經常高舉的木棍，仍可顯出他們體內深埋的獸性與非理性。

當然，全身毛髮的野人，自然很容易讓人聯想起猩猩、猴子之類的動物。按照中世紀人的想法，猿科動物是人類的「低劣形式」，牠們與人類相似的外觀以及模仿人類的動作，都被視為傲慢地逾越了自然的秩序。所以牠們被與魔鬼聯繫起來，因為魔鬼正是所有生物中最傲慢放肆的。而且，魔鬼也會模仿上帝。心理學家榮格也說道，魔鬼事實上被視作「上帝的猴子」（ape of God）。猴子其他的象徵意義還有罪人、狡猾、惡毒、虛榮、肉慾等。

毛茸茸的男女野人（Hairy men and women）可說是一個統稱，古羅馬的博雅老人普林尼與亞歷山大傳奇都曾提及多個全身長滿毛髮的部落。如Gorgades，她們是全身多毛的女人族，根據普林尼的說法，此族人因居住在Gorgades島而得名。她們有可能是荷馬筆下的Gorillae，亦是多毛的女人族；稍後她們也被稱做Gegetones或Gorgones，並轉化成頭上有角、加上尾巴的人。普林尼還另外提到一支全身覆滿毛髮的種族，他們多住在河邊，有時則被描述為有六隻手指或六隻手，或是具有熊或狗般的利牙。

藉由交通的擴展或視野的開拓，雖然證明這些畸形種族或怪人絕大多數都是人類的幻想、好奇或敵意使然，但是一直到十九世紀、二十世紀初，在某些馬戲團或嘉年華會的展演上，都還可見到人們對「怪人」的濃厚興趣——當然，這些「怪人」不過是先天身形上有殘缺的正常人，或者是被加工、拼湊而成的贋品。進入二十一世紀的今天，這種尋找怪人的熱潮消失了嗎？其實沒有，一直到現在，我們不是都還在積極尋找傳說中遺失的民族，或者是浩瀚銀河中的外星人？

雜交怪獸 Hybrid Beasts

現在讓我們從真實的動物園來到神話的動物園，在這個神話動物園裡的居民不是獅子，而是獅身人像怪物司芬克斯，半獅半鷹怪獸希洛多塔斯，以及半人半馬怪獸辛托。這第二種動物園的成員比第一種動物園的要多的多，因為妖怪是真實動物的各部肢體的任意組合物，這種排列組合的境界是無窮盡的。

波赫士（J. L. Borges）《想像的動物》

對於動物的崇拜，遠在神被人類創造出來之前。遠古人類由於恐懼或想獲得動物的力量，將強而有力、兇猛的野獸形象描繪於山壁上、洞穴中，或是將動物遺骸的某部分，如牙齒、犄角直接披掛裝飾在身上，藉以獲得此獸的庇護或力量的移轉；又或者是他們會戴上自己認為具有威嚇作用的動物面具，直接將人的身分轉化成為此野獸。

然而一隻純粹的動物絕對比不上「複合式」的雜交動物來的孔武有力、效果驚人，於是人類又幻想出種種天馬行空的各式各樣怪獸，牠們能遨遊天際，或遁入水中；時而噴火，時而呼風喚雨。這樣的奇幻怪獸滿足了先民對自然界的想像，同時也界定了他們的生活依規。譬如，沼澤森林是魔怪的出沒地，千萬不要隨便擅自闖入；若寶藏由一隻噴火猛龍看守，則不要覬覦垂涎它。（當然，英雄除外）

混種的雜交怪獸多是邪惡、黑暗的象徵。上帝創造的所有造物都在祂完美秩序的位階中各安其位，但這些雜交怪獸代表的是失序、混亂，牠們是魔鬼四處為惡的幫手。而牠們的形體，可有無限的組合形式：飛禽、走獸、爬蟲、人體、甚至是虛擬的怪獸，都可以是牠的材料；角、頭部、翅膀、身體、腿、爪、蹄、尾巴都可以是牠應用的零組件。

在中世紀的時空裡，幾乎所有的動物，不管是居住在陸地上、水裡或空中，只要是有任何「超乎平常標準」的外形或作為，如體積異常龐大、有怪異的身形與不尋常的舉動、或在夜間行動、甚至會發出使人不悅的聲音或氣味，都被中世紀人認定為「地獄來的生物」（creature from the hell），因而與魔鬼沾上邊。鯨魚與大章魚都因體形過大，曾被視作殺人嗜血、導致船難的海怪，而身上滿布尖毛的豪豬（體形怪異）就被指控為偷吃農民的儲糧並且摸黑吸光乳牛的乳汁，至於在夜間活動的蝙蝠更是與魔鬼脫不了關係。另

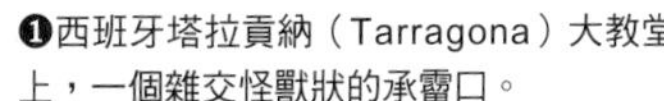

❶西班牙塔拉貢納（Tarragona）大教堂上，一個雜交怪獸狀的承霤口。

❷古羅馬時期的一隻半馬半魚的怪獸浮雕，收藏於梵諦岡博物館。

❸十五世紀末的版畫作品，包含著各式各樣的想像生物。

❹在許多中世紀末乃至十七、十八世紀的航海圖或地圖，常可發現形體怪異的生物在一旁作為裝飾物。

❺出現在中世紀手抄卷頁緣的一隻想像中的雜交怪獸（倫敦大英圖書館館藏）。

❻中世紀手抄卷裡的插圖，有各種想像中的海中生物（倫敦大英圖書館館藏）。

的生物名冊。以下為幾種與魔鬼有關的生物：

名稱	象徵意義	出處或由來
蛇、爬蟲獸	魔鬼、魔鬼的誘惑、七原罪	〈創世紀3〉〈詩篇91:13〉 〈以賽亞書27:1〉 〈馬太福音23:33〉〈啟示錄12:9〉
蝙蝠	黑暗力量、路西弗（Lucifer）	〈以賽亞書2:20〉
貓頭鷹	黑暗力量，後由蝙蝠取代	〈以賽亞書34:11〉
惡龍	魔鬼、邪惡力量	〈以賽亞書30:6〉 〈耶利米書8:17〉 〈啟示錄12:7; 20:2〉
獅子	善的敵人	〈列王記上20:36〉 〈詩篇22:21〉〈耶利米書4:7〉
蝗蟲	撒旦（Satan）的幫手	〈啟示錄9:3-10〉〈出埃及記10〉
青蛙、癩蛤蟆	邪惡與憤怒，常伴隨魔鬼	〈出埃及記8〉
狼	貪婪與惡毒	〈創世紀49:27〉 〈以西結書22:27〉 〈約翰福音10:12〉 〈馬太福音7:15; 10:16〉
猴	撒旦（魔鬼意欲模仿人的外形）	
山羊	罪惡（與堅忍、不抱怨的羔羊恰成反比）；山羊角有陽物崇拜的意味，象徵低等的感官本能	〈利未記16:21〉 〈詩篇75:4-5:10〉

這些與魔鬼有關連的動物，牠們的局部或獨有的特徵，都是中世紀藝術家喜愛運用的元素，如牛／羊的角或蹄、蝙蝠的翅膀、猴子的滿身毛髮、蛇的長形軀幹或尾巴，獅子的利爪與鬃毛、蠍子的毒刺等，都提供了最好的素材來滿足他們對於魔鬼或其他跟魔鬼有關的生物的想像。此外，一般動物的局部特徵，如魚的鱗片與魚尾、鴨或鵝的蹼趾、鳥禽的羽翼等，也是常被選取的元素，這也使得整個中世紀流傳下來的雜交生物有如此豐富的面貌與多樣性。誠如二十世紀阿根廷的文豪與哲學家波赫士（J. L. Borges）所言，「妖怪是真實動物的各部肢體的任意組合物，這種排列組合的境界是無窮盡的。」

動物Animals

大象（Elephant）

大象在教會的眼中是良善的象徵。一來牠們沒有交配的渴望，二來因為牠們生性仁慈，見人迷途於沙漠，會引領他回家的路；有羊群亂成一團，會在路上保護牠們；如果被派上戰場搏鬥，則會細心照料疲憊與受傷的人。

中世紀動物寓言集告訴我們，波斯與印度人常將木塔放在象背上，然後躲在塔內用箭或標槍攻擊對方，好似一座活動城堡。實際上，在中世紀有關大象的細密畫作，常可見到大象背著一座城堡或箭塔，裡面有全副武裝的士兵。如果覺得中世紀的老東西太遙遠而難以想像的話，電影《魔戒》第三集中，那場在帕蘭諾平原打的天昏地暗的大戰，裡面出現的大象部隊，就是絕佳的視覺化範本。

在正史記載中，使古羅馬人聞之色變的迦太基將領漢尼拔（Hannibal Barca，西元前二四七－一八二年），當年即曾率領數萬騎兵、步兵加上近四十頭的大象，繞道西班牙與法國，再由冰寒陡峭的阿爾卑斯山遠征羅馬帝國。雖然戰役最後以迦太基人割地賠款、交出艦隊結束，但漢尼拔麾下的戰象卻令人印象深刻。甚至在西班牙出土的古迦太基硬幣上，也可發現大象的圖騰。不過漢尼拔並非首次將大象帶上戰場之人，據說在公元前三三一年，亞歷山大大帝就曾在阿爾貝拉（Arbela）一役中，將大象應用於軍事用途。

●中世紀人相信，波斯與印度士兵會將木塔架在大象身上，再由塔內放箭攻擊敵方。

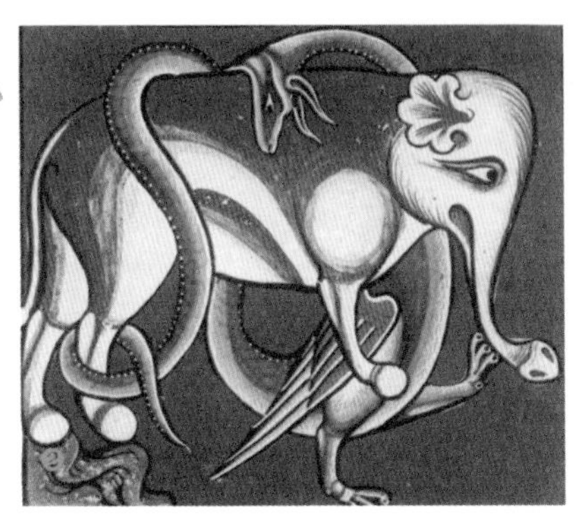

❶中世紀動物故事寓言集裡的一隻大象，牠背上馱著的簡直就是一座活動的武裝城堡。

❷據說大象與龍為宿敵，圖中的龍正用長長的身體將大象緊纏並抬離地面，利齒緊咬著大象不放。

❸力大無窮的大象乃是絕佳的戴運工具，圖中的象群們就正載著一座私密的活動包廂。

流行於中世紀的說法指出，大象只要一跌倒，就永遠起不了身，因為當時的人相信牠的膝蓋沒有關節，而這也成了牠的致命傷。唯一能讓大象蹲下的時候是睡眠時間，牠會依靠樹幹讓身體慢慢地滑下。狡猾的獵人為了補捉牠，會將樹幹砍一小缺口；如此一來，當大象靠住樹幹，樹幹即斷裂，而牠也因此被擒獲。

有趣的是，凱撒大帝在其寫於西元前一世紀的《高盧戰記》中曾提到一種稱做「麋」（elk）的動物，牠無法自行起身的特徵與大象出奇的相似。凱撒描述它的外形和有斑點的外皮，頗像山羊，但身軀較大一些，並且長著很鈍的角。牠們的腿沒有關節，睡覺從不躺下來，

如果因為意外跌倒，就不能再直立或爬起來。所以牠們倚靠著樹，就當作休息。當獵人跟蹤牠們的足跡到此獸的休息地時，就把樹木鋸得只剩下一點兒皮相連，僅在外觀上看起來還挺立著。當麋依照慣例向它依靠上去時，其體重立刻壓倒那不禁一碰的樹，而自己也跟著倒下去。稍後的普林尼極為可能將凱撒筆下的「麋」與大象兩種動物混為一談，他在自己的著作中將大象無關節的此特點寫出，這也導致後來中世紀社會相信大象一跌倒，就起不來的說法。

大象除了力大無窮之外，中世紀人還認為他們生性聰明又有極佳的記憶力，壽命可達三百年。至於他們產子的方法也頗為傳奇。有動物故事寓言集告訴我們，母象懷孕期長達兩年，一次只懷一胎，且一生只分娩一次。當他們想要生育後代時，便往東方走去（天堂所在），那裡有一種樹稱為曼德拉樹（Mandragora tree），母象會勸誘公象吃下此樹的果子（在另一個版本裡，則是公象先吃下果子，之後再讓母象嚐）；待兩者都吃下果子後便會交配，母象即刻受孕。等到分娩時刻來臨，母象會進入湖中產子，這樣一來，小象便可自行起身（若在陸地生產，小象將因跌倒而爬不起來）。當母象生產時，公象會在一旁警戒，以免宿敵——龍，趁機來犯；若剛巧有蛇類經過，公象也會將之踩死。諷刺的是，大象不懼怕凶猛的龍、蛇甚至獨角獸，卻會被微小的老鼠驚嚇。

大象與龍的生死鬥爭，原因據說是因為大象的血液清涼無比，龍若是飲下，就能熄滅自己體內滾熱的毒液所產生的酷熱感。龍殺死大象的方法有二，其一是用長尾巴將象腿緊緊纏繞，使之跌到地面後，再擊殺之。另一方法是由高的樹叢跳至大象的背上，大口緊咬住象的身軀並吸其血液，最後，大象終因體力不支而倒地。但是，如果龍不夠機靈敏捷的話，有時大象在倒地時，也會順勢用其重碩的身體壓扁牠。

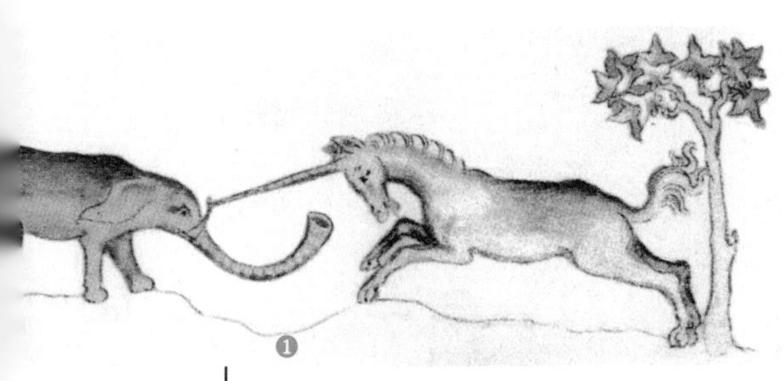

❶一隻獨角獸正與大象激戰不休。

❷西班牙巴塞隆納大教堂上，一座背載著城堡的大象承霤口。有趣的是，在此地其他動物造型的承霤口，多為臥姿或坐姿，而這座大象承霤口，他的腿是站的直挺挺的。因為中世紀人認為大象沒有膝蓋，而且只要一跌倒就站不起來了。

公羊（Ram）與綿羊（Sheep）

公羊或公牛的雙角，常象徵力量。在鑄有亞歷山大大帝頭像的硬幣上，常可見到髮際間多長了代表太陽神（Jupiter Amon）的公羊角，甚至耶穌本人也曾以帶角的形象出現。心理學家榮格認為，這是傳奇性統治者（legendary ruler）將自身與春天出現在白羊宮（Ram）的太陽聯繫起來，以彰顯其異於凡人的神性。

毫無疑問，人類有一股極大的需求，想去除其英雄的任何個人或人性的東西，好使他等同於太陽。

公羊在基督教裡的象徵意義是正面而多重的，有時象徵十二門徒（Apostles）或教會諸王（princes of the Church）；牠強勁的前額，就如門徒在傳道時能將任何困逆推翻，顛覆迷信者的偶像；牠也如教會的諸王，帶領

●溫馴的綿羊是良善與單純的基督徒象徵，圖為中世紀動物故事寓言集插圖裡的幾隻綿羊。

基督徒走向上帝之道。另外，公羊亦代表基督本人（作為善牧者、救世主、強大而勝利的耶穌等），或是虔誠的基督徒。

而溫馴的綿羊則代表無辜與單純的基督徒，上帝本人就曾表現出綿羊的溫和與耐心，如〈以賽亞書53:7〉說道：

他被欺壓，在受苦的時候卻不開口；他像羊羔被遷到宰殺之地，又像羊在剪毛的人手下無聲，他也是這樣不開口。

此外，在福音書中，牠也象徵有信念之人：

看門的就給他開門；羊也聽他的聲音。他按著名叫自己的羊，把羊領出來。既放出自己的羊來，就在前頭走，羊也跟著他，因為認得他的聲音。

〈約翰福音10:3-4〉

但在〈詩篇49:14〉牠亦有負面的意義，象徵被判下地獄的罪人：

他們如同羊群派定下陰間；死亡必作他們的牧者……。

在著名的〈出埃及記〉裡，耶和華曾與以色列人定下逾越節的禮儀。祂要在埃及生活的以色列人家家戶戶準備一隻健康、滿一歲的羔羊，這羔羊可以是綿羊或山羊，除了將牠烤來吃食外，最重要的是要將羔羊血塗抹在自家門楣與門框上作為記號，因為夜間耶和華將巡行埃及，擊殺所有一切頭胎生物作為對埃及人的懲罰；而遇到蘸了羊血的屋舍，耶和華就會自動越過，保全屋內人畜的性命。所以羔羊也常象徵被賜福之人。

❷

❶向內捲起的角是公羊被表現的重點特徵，圖中可見到一隻長著內彎角的公羊，四肢彎曲、綣伏在地。在牠的兩蹄之間出現一隻蛇狀生物，同樣有滿口利齒，眼看就要咬嚙公羊的後蹄。然而這隻公羊卻顯得神色安詳而從容，或許它要強調的信息是：魔鬼（蛇）無處不在，隨時可能出現在善良的基督徒身旁；但只要信念堅定，任何邪惡力量也傷害不了牠。

❷西班牙布爾苟斯大教堂裡的一隻小山羊，正隱身在一片石刻森林裡。

獅子（Lion）

獅子形的承霤口在各大教堂隨處可見，牠是中世紀最廣受歡迎的動物之一。不分中外，自古獅子即有「百獸之王」的美名。對中世紀人來說，牠是第一個登上諾亞方舟的動物，同時也是第一名下船的成員；也是許多中世紀動物寓言集裡第一位出場的主角。

獅子在中世紀裡常與基督有關，象徵基督本人。動物故事寓言集告訴我們牠的三項主要特徵；1. 牠喜愛在山巔漫遊，如遇有獵人來到，牠會用尾巴清理、掩飾足跡，如此獵人即無功而返。這就像耶穌降世、行走於人間，而魔鬼仍不時地追蹤、誘惑祂。2. 牠睡覺時從不闔眼（一說從不睡覺），隨時保持清醒、警戒。就像基督被釘上十字架，肉體雖然睡去，但祂的神性依然清醒；如同〈雅歌5:2〉所記「我身睡臥，我心卻醒」。3. 據說母師生下幼獅時會將其殺死，再將屍體藏起三日，等到牠們的父親在第三日現身，就會在其臉上吹氣，將幼獅們救活，這就象徵天父在耶穌死後第三日使其子復活一般。

動物故事寓言集還說道獅子的其他特點，包括對配偶忠貞、不動怒（除非被傷害）、有同情心、不吃已倒下的動物、不吃小孩（除非極餓）、絕不過度飲食、不食昨日之食物，有王者之風。但牠亦有幾個弱點，譬如害怕公雞（尤其是白公雞）與車輪發出的嘎吱聲。牠的種種特點使牠成為自古埃及以來，最常出現的承霤口主題之一。

然而牠也有負面的象徵意義。「因為你們的仇敵魔鬼，如同吼叫的獅子，遍地遊行，尋找可吞吃的人。」（彼得前書5:8-9）。尤其在中世紀晚期，當七宗罪與動物及人體幾個部位起了聯繫後，獅子與「頭」便成了「驕傲」的象徵。其他還有如，蛇與「眼睛」象徵妒忌；野豬與「心」象徵憤怒；驢子與

●中世紀人認為獅子具有王者之風，不吃已倒下的動物、不吃昨日的食物，也絕不過度飲食。

❶在此圖中，兩隻已被束縛住的獅子，還想縱身撲向前方的獵物。
❷威風凜凜的獅子，常被用來象徵基督本人，牠同時還是第一個登上諾亞方舟的動物，也是第一名下船的成員。
❸出現在中世紀動物故事寓言集插圖裡的獅子。
❹西班牙巴塞隆納大教堂的獅子形承霤口，獅子外形最大的特徵——獅鬃，被明顯地強調出來，另外還被賦予雙羽翼。

「腳」象徵懶惰；狼與「手」象徵貪婪；熊與「腹」象徵貪食；豬與「陰部」象徵肉慾。另外，〈詩篇〉中亦有提到「牠們向我張口；好像抓撕吼叫的獅子」（詩22:13）；「你要踹在獅子和虺蛇的身上，踐踏少壯獅子和大蛇」（詩91:13）。根據聖奧古斯丁的說法，上述經文所說的動物象徵魔鬼多變的外形，而獅子就表示敵基督（Antichrist，或譯為反對基督者）。

總之，獅子的象徵在基督教義裡是正面、負面皆有。在兩千多年前寫成的《伊索寓言》裡，就讓我們見識到獅子的多變性：牠有時霸道、驕傲，有時懦弱、膽小，有時精明，有時卻很愚蠢呢！

公牛（Bull）

●牛與人類的關係密不可分，尤其牠提供了農業社會所需的勞動力。圖為中世紀農民利用牛隻耕作的情景。

公牛象徵旺盛的生命力、雄性力量與生殖力。從有歷史開始，對許多古代民族而言，牠就已是被頂禮膜拜的對象。在法國南部的拉斯考（Lascaux）與西班牙北部的阿塔米拉（Altamira）的岩穴中，都還留有一至兩萬年前原始人類畫下的野牛圖象。

因為侵犯聖牛而遭致報應的故事，可以在《奧迪塞》中發現：奧迪修斯與船員們航行至太陽島時，船員們因為肚子餓壞了，就殺了島上的聖牛來吃，等到奧迪修斯回來，已經來不及挽救。太陽神看到自己的聖物被毀，怒氣大發，立刻施以報復。待這一行人一登船，一記雷霆穩穩地打中船隻，除了沒吃聖牛肉的奧迪修斯，其他所有人都淹死了。

在希伯來的敘事中，摩西毀壞以色列人膜拜的金牛犢，因為西亞地區一直有崇拜公牛神巴爾（Baal）或莫洛克（Molech）的傳統，並有以小孩獻祭的儀式。甚至在某些圖象中，摩西本人也以頭上有雙角的形象出現，例如由米開朗基羅雕鑿，舉世聞名的摩西雕像。此因當初摩西拿著十誡由西奈山下山時，臉上散發異常光芒，而「發光」這個字與希伯來文中的「有角」相似，所以早期的拉丁文聖經，就將摩西描述為頭上帶角的模樣。

希臘克里特島上豎立著眾多公牛角形石碑，而它的國王邁諾斯據說是歐羅巴（Europa）與化身成公牛的宙斯所生，甚至在它的王室迷宮中，還住著舉世聞名的牛頭人身怪邁那托（Minotaur）。

古波斯的密斯拉教（Mithraism）亦崇拜公牛，因為密斯拉是波斯神話中的光明之神（太陽神），他曾捕獲並獻祭了一頭創世公牛，此公牛的血與精液使得大地生機勃發，並得以產生新的生命。密斯拉教於後來盛行於廣大的羅馬帝國境內，是早期基督教在傳播時的強勁對手。

到了基督教時代，公牛的象徵意義變得多重起來。牠可以象徵基督，有時也代表驕傲、多行不義的世俗君王，以致在一些中世紀手稿中，撒旦也被繪成擁有公牛元素（如公牛的角與軀幹）的雜交怪獸。牠在《聖經》裡兼有良善

王又打發別的僕人，說：「你們告訴那被召的人，我的筵席已經預備好了，牛和肥畜已經宰了，各樣都齊備，請你們來赴席。

〈馬太福音22:4〉

與邪惡的雙重意義：

（我的救主啊…）救我脫離獅子的口；你已經應允我，使我脫離牛的角。

〈詩篇22:12, 21〉

此外，牠又象徵過著官能生活的淫逸之人：

淫婦用許多巧言誘他隨從，用諂媚的嘴逼他同行。少年立刻跟隨她，好像牛往宰殺之地……

〈箴言7:21-22〉

但同時也象徵神父傳道時勇往直前的力量：

就如摩西的律法記著說：「牛在場上踹穀的時候，不可籠住牠的嘴。」

〈哥林多前書9:9〉

總之，如同其他許多動物一樣，公牛的象徵意義在中世紀也是多重不一，視文本脈絡而定。而在基督教藝術最常見的主題之一，四福音天使中的聖路加（St. Luke），即是以公牛加上雙翅的造型表現；或是在耶穌誕生圖（nativity scene）裡，也常有公牛加上其他牲畜，溫柔而好奇地探頭觀望剛出世的小彌賽亞。

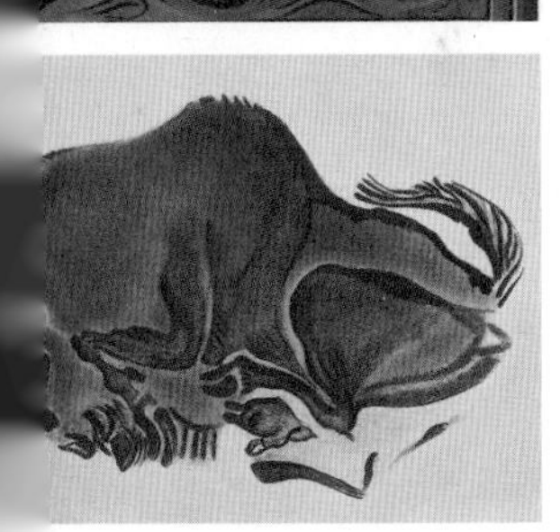

❶中世紀時，公牛的象徵意義變得多重起來。牠可以象徵基督，有時也代表驕傲、多行不義的世俗君王。圖為一隻中世紀動物故事寓言集裡的公牛。
❷公牛所象徵的力氣與生命力，使得牠自古以來即是許多民族崇敬的對象。圖為原始人類留下的野牛圖畫。
❸公牛亦常被作為裝飾元素，在西班牙巴塞隆納的一棟現代主義建築物，就應用了公牛頭來做牆面裝飾。

野豬（Boar）與豬（Pig）

❶豬肉是中古歐洲社會中不可或缺的肉類來源。圖為中世紀人在屠宰豬隻前，為豬「放血」的情景。

野豬在古代北歐部落與塞爾特人的眼裡是勇氣、力量的象徵。這點可從其戰士的頭盔、武器上常有野豬造型的裝飾看出。而母豬與滿窩小豬崽則是豐饒多產的象徵，從出土的文物中還可發現豬隻造型的塑像。

相對於「蠻族」對牠們的崇敬，豬在基督教的象徵語彙裡具有負面的意義。從耶和華在〈利末記〉裡告誡猶太人禁食「不潔」的豬肉開始，到中世紀教會分別將野豬和豬與憤怒、肉慾之罪聯繫在一起，甚至動物寓言集也說野豬「由於牠的野性與力量，象徵魔鬼，狂野而難以駕馭」。《聖經》中有關豬的負面描述還有：

不要把聖物給狗，也不要把你們的珍珠丟在豬前，恐怕牠踐踏了珍珠，轉過來咬你們。

〈馬太福音7:6〉

離他們（按：指被鬼附身的兩位加大拉人）很遠，有一大群豬吃食。鬼就央求耶穌，說：「若把我們趕出去，就打發我們進入豬群吧！」

❶圖為西班牙托雷多（Toledo）大教堂裡，唱詩席之施恩座（misercord）的一幅畫面，它描繪出中世紀農人正在餵養豬隻的生活場景。
❷❸野豬的野性與力量曾被用來象徵魔鬼。圖為中世紀手抄卷中，農民狩獵野豬的情形。

〈馬太福音8:30-31〉

這百姓時常當面惹我發怒；在園中獻祭，在壇上燒香；在墳墓間坐著，在隱密處住宿，吃豬肉；他們器皿中有可憎之物做的湯。

〈以賽亞書65:3-4〉

婦女美貌而無見識，如同金環戴在豬鼻上。

〈箴言11:22〉

不同於基督教裡對豬的負面印象，伊索寓言裡曾提到一隻有智慧的豬的故事：一隻山豬站在大樹下磨牙，一旁的狐狸看到了，就問山豬，既然沒有獵人追趕，也沒有任何危險發生，為什麼要浪費時間在磨牙上呢？山豬回答道，他不是在浪費時間，而是擔心一旦危險發生，就沒時間好磨牙了；所以現在先磨好，等到要用時就不會慌張失措了。

另外，還有大人小孩都熟悉的三隻小豬的故事：大豬與二豬採用簡單速成的材料，蓋了一吹就倒的房子；小豬則用磚頭穩紮穩打地築成堅固耐用的屋子，等到惡狼來襲，就不用擔心受怕了。當然，很受歡迎的聰明豬還有電影《我不笨，我有話要說》裡的那頭善良、勇敢還很會牧羊的小豬。

鱷魚（Crocodile）

原產於非洲地區的鱷魚，在中世紀人的想像中，乃是邪惡異常的爬蟲生物，常與同屬爬蟲類的蛇相提並論。他寬又長的大口、利爪都是令人生畏的武器；體形雖大，但行動時卻又能敏捷迅速。基於這些特性，他們的形象也常被人借用在幻想惡龍的體態。

一些中世紀動物故事寓言集告訴我們，鱷魚產於尼羅河，身長二十腕尺（1腕尺約8-22英吋），有四足，足上有利爪，大口中有尖牙，另外還有石頭也打不破的韌皮。只有兩種生物可至鱷魚於死地：一種是鋸鮫（sawfish），可以穿透鱷魚較為柔軟的腹部，而將牠殺死；另外一種是水蛇（hydrus），牠可利用爬進鱷魚嘴巴的機會，由體內將其殺死。

還有一種關於鱷魚的有趣說法，據稱鱷魚的糞便可製成恢復青春的藥膏，所以上了年紀的女人與老妓女會爭相將之塗抹於臉上（一說是直接將排

❶

❶中世紀民間傳說認為，鱷魚在將人吞吃後會流淚嚎哭；因此「鱷魚的眼淚」也成為「虛偽」的同義字。
❷原產於非洲的鱷魚由於其體態與速度，常讓人聯想為恐怖而邪惡的爬蟲生物，並常與蛇相提並論。圖為西班牙巴塞隆納大教堂一座鱷魚形的承霤口。
❸由於鱷魚活動於陸上與水中的時間各半，此等習性也被視為偽善的象徵。

泄物抹於臉上），直到汗水將之洗去。民間還流傳說，鱷魚在將人吞吃後會流淚嚎哭，也因此，「鱷魚的眼淚」便成為虛偽的同義字。（然而，亦有文本將此特性詮釋為，人在犯過後，應當徹底向天父悔過，與承擔因己身行為所造成的苦痛。）

鱷魚待在陸上與水中的時間各半，而這種白天在陸地活動，晚上居住在水裡的習性，也被視為偽善的象徵。如同偽善者雖有墮落的生活，但卻要求神聖與正直的名聲。而牠可以只移動上顎，下顎保持不動的本領，象徵偽君子教導他人天父的道理，自己卻從來不力行實踐。而由其排泄物製成的妙藥，由無知之人大力頌揚；但當公義的審判來臨時，這些輝煌的讚頌就會像煙火般消失無蹤。

在《聖經》〈以賽亞書27:1〉與〈詩篇74:13-14〉中曾提到鱷魚：

到那日，耶和華必用他剛硬有力的大刀刑罰鱷魚，就是那快行的蛇，刑罰鱷魚就是那曲行的蛇，並殺海中的大魚。

〈以賽亞書27:1〉

你曾用能力將海分開，將水中大魚的頭打破。你曾砸碎鱷魚的頭，把牠給曠野的禽獸為食物。

〈詩篇74:13-14〉

有學者根據此段經文的描寫，認為鱷魚即是聖經中的海怪利維坦（Leviathan，另一種也常被視為海怪利維坦的是身形巨大的鯨魚），代表上帝創世前即已存在的混沌（chaos）狀態。

❷

❸

植物 Plants

對植物的崇敬肇始自古代農業民族對生命繁衍的實際需求，以及對自然現象的種種想像。如古羅馬人在萬物凋零的冬季，獨見生長在神聖橡樹上的槲寄生依然常綠如昔，便推測橡樹的靈魂走出體外，進駐到槲寄生的身上。從此，「金枝」（即槲寄生）便成為神靈的化身，也成為眾人守護、爭奪的目標。

許多故事證明古希臘人強烈反對傷害植物的行為，例如德萊歐碧（Dryope）的例子：有一天德萊歐碧與妹妹及兒子來到水池邊，看到一株開滿花朵的忘憂樹，便隨手摘了幾朵花逗弄小兒子玩，可是沒想到樹幹竟開始流血。原來這棵樹是仙女變成的，德萊歐碧嚇得花容失色的想逃走，腳卻開始往地下生根，動也不能動；而且她的身體逐漸長出樹皮，直到覆蓋全身。在她還能說出最後的囑咐時，特別交代兒子永遠別摘花，因為每棵樹都可能是女神變的。

❶

❷

由於相信自然界的所有生命可以互換形態，人類可以自由地與動物、甚至植物融為一體，所以有些神靈即由此三種元素構成，如美索不達米亞的牧羊人之神杜木茲，就是由植物、動物與人的形象組合而成。由人臉與植物組成的綠人（Green man）更是中世紀大小教堂中的常客。

從早期羅馬的怪誕圖象，以局部人體加上動物，再配以植物的花、莖、梗、葉串連組合而成，一直到中世紀的怪物、怪獸身體或是彩色手繪經卷上交雜纏繞的花樣字

❶圖為一篇中世紀手抄卷，其中的大寫字首「D」與「H」，有非常繁複的植物線條表現。
❷大寫字首「D」，整個充滿由彎曲盤繞的藤蔓，其右下角描繪的則是耶穌復活的故事。

體，植物仍舊是一個重要的組合元素。

又例如，影響整個世界建築史的科林斯式柱頭即是以茛莨（acanthus）為基礎發展而成的，這種以葉飾、茛莨作裝飾的風格自古埃及即可發現，而後由熱愛自然的希臘人加以傳承發揚；到了羅馬時期，以植物作為裝飾元素在奧古斯都時代仍是大行其道。以下為幾種自古代歐洲、西亞地區即受到廣泛崇敬的植物，其中許多是到基督教時代仍深受人們喜愛的植物。

橄欖樹：具有頑強的生命力，是地中海區域自古即受推崇的樹種。據說雅典娜為雅典創造了此樹而贏得雅典城的保護權。最初的奧林匹克運動會上，冠軍頭上要配戴橄欖葉編織的花環。新娘在婚禮時要配戴或手持橄欖枝。而在羅馬帝國時期，朝貢的使者會將橄欖枝奉獻給羅馬皇帝。在聖經中，它則是洪水過後，由鴿子啣回的第一種植物，象徵和平、勝利、童貞。

橡樹：在希臘、塞爾特、日耳曼傳統中都是雷神的聖物，能承受雷電的擊打而不受傷害，在德魯伊特（Druid，塞爾特文化的祭司階級）的宗教儀式裡，橡樹代表天然的神廟。象徵高貴、忍耐、男性的力量。

●西班牙加利西亞自治區裡的一座教堂，其中的半圓拱門楣乃是仿棕櫚葉造型而成。

棕櫚樹：與太陽神阿波羅的崇拜有關。古羅馬曾用棕櫚樹枝來獎勵獲勝的競技士，這一習俗後被耶穌的信眾借用來慶祝其勝利進入耶路撒冷。是太陽、勝利、名望的象徵。但是棕櫚葉有時也作為喪禮的標誌。

冬青：羅馬的農神節中，冬青是人們所持的長青植物中的一種；條頓人會在聖誕節期間用它來裝飾房屋。象徵希望與歡欣。

槲寄生：即十九世紀神話學和宗教比較學學者弗雷澤（J. Frazer）所稱的「金枝」，它是一種半寄生植物，生長於橡樹一類的樹上，四季長青。在冬季時其宿主凋謝，但槲寄生仍生命力旺盛並結下白漿果，古羅馬人便覺得樹靈出走並停駐在槲寄生身上。其象徵多產、重生。

茛莨：生長茂盛，後成為影響深遠的科林斯式柱頭的固定形式。在希臘、羅馬神話中它是戰勝困難、命運的象徵。

松樹：松樹本身象徵豐饒、長青；而希臘人視松果為男性生殖力的象徵，不過羅馬人卻認為松果象徵女神維納斯。

葡萄藤：在古希臘、羅馬時代，葡萄是酒神戴奧尼索斯（羅馬神話中稱為巴克斯）的化身，而葡萄酒則是他獻身時所流淌的鮮血。在猶太-基督教傳統中，它是洪水過後，諾亞種下的第一棵植物；＜出埃及記＞中，滿布的葡萄藤是以色列人到達聖地所見的第一個標誌，並成為上帝所賜予的禮物。在天主教的聖餐儀式中，葡萄酒也代表主的鮮血。是繁榮多產、再生的象徵。

石榴：由於其果肉中含有無數的種子，自古即與多產、豐饒、創造力有關。古希臘神話中，穀物女神之女，即春神普羅賽皮娜（Proserpina）被冥王劫走並強娶為妻，當她自地府逃回人世時，冥王給了她一棵石榴讓她服下，以此作為婚姻盟約的象徵，這也使得春神每年必須自人間消失半年的光景（當她不在時，即是人間的秋、冬兩季）。石榴象徵肉慾、誘惑、繁衍、婚姻。而在基督教的象徵體系中，石榴還可代表上帝無邊的愛。

蘋果：希臘神話中，因三位女人爭奪金蘋果而間接導致的特洛伊戰爭，或許是最著名的水果戰爭。另外，或許由於蘋果核類似女性外陰的緣故，蘋果常是肉體歡愉的象徵。在希臘、塞爾特和北歐神話中都將蘋果視作眾神的聖餐。也有學者認為《聖經》＜創世紀＞中的禁果即是蘋果，因為蘋果在當時是慾望的主要表徵，後世的圖象中，伊甸園中的夏娃受蛇引誘而吃下的果實，多被描繪成蘋果。它是愛情、婚姻、慾望、青春、繁育、春季、誘惑和智慧的象徵。

玫瑰：在羅馬神話中，紅玫瑰與戰神馬爾斯、其妻維納斯和她死去的戀人阿多尼斯都有關係。基督教中，紅玫瑰象徵耶穌灑在十字架上的鮮血；在神秘主義者看來，玫瑰多層的花瓣象徵知識獲得的不同階段；在哥德傳統中的玫瑰則有宇宙之輪的意象。此外，玫瑰還代表秘密，所以教堂的懺悔室常有五瓣的玫瑰花裝飾圖形。玫瑰是心靈、宇宙之輪及神聖、浪漫、肉體情愛的象徵符號。

從各民族崇拜有加的生命之樹、聖樹到食用的果樹、穀物以至於觀賞用的花卉，植物自成一個充滿象徵符號的世界，他們不同程度的投射出各民族的審美觀、價值觀、世界觀以及宇宙觀。也因此，植物常以隱喻的方式廣泛地出現在世界各地不同民族的藝術、文學作品中。

❶圖為西班牙奧倫塞省（Ourense）裡的一座教堂，有類似松果造型的一棵樹木圖案。
❷西班牙塔拉貢納（Tarragona）大教堂的大門上，在人頭形的門扣，在其周圍可見到許多細微的植物葉飾。
❸在西班牙赫羅納（Gerona）的這個柱頭上，有一名蓄長髯、神情肅然的男子用雙手將兩條雙頭龍抓併在胸前。龍的身體讓人想起植物的莖桿，連牠們吐出的火焰，也使人聯想起渦卷狀的葉子。
❹玫瑰自古即受到許多民族的推崇與喜愛，亦有多重的象徵意義。圖為中世紀手抄卷裡的玫瑰。

Chapter.

III

聖經怪物考

……寶座中和寶座周圍有四個活物，前後遍體都長滿了眼睛。
第一個活物像獅子，第二個像牛犢，第三個臉面像人，第四個像飛鷹。
四活物各有六個翅膀，遍體內外都布滿了眼睛。……

四活物 Four living things

四活物又稱做四福音天使。分析心裡學的宗師榮格（C. G. Jung）曾在《自我的探索》一書中說道，一個印度人在遊覽英國後，回家告訴他的親友，英國人熱中崇拜動物，因為他在一些古老的禮拜堂裡發現老鷹、獅子和公牛的形象。

這位印度仁兄所指的前面三種動物即是中世紀藝術中常見的三位福音天使——象徵聖約翰的老鷹、象徵聖馬可的獅子以及象徵聖路加的公牛，這三位福音天使加上以天使（人形）表現的聖馬太，經常出現在以上帝為中心的基督教曼陀羅圖形四方，以彰顯在榮光中的基督之全能。

新約四福音書作者，他們的形象是由人形加上天使、公牛、獅子、老鷹的臉孔以及翅膀，或者是由天使、公牛、獅子、老鷹的身形配上羽翼，如此的形象在基督教徒的眼裡絕不陌生，他們已經是一種符號化的象徵，而內化在基督教脈絡裡；但是就其形象上而言，他們仍帶有濃厚的怪物本質——半人半獸（人加上羽翼）或真實的陸上走獸加上雙翅。

四活物曾多次出現在《聖經》的章節中。例如＜以西結書1:4-14＞就對他們有精彩的描述：

我觀看，見狂風從北方颳來，隨著有一朵包括閃爍火的大雲，周圍有光輝；從其中的火內發出好像光耀的精金；又從其中顯出四個活物的形象來。他們的形狀是這樣：有人的形象，各有四個臉面，四個翅膀。他們的腿是直的，腳掌好像牛犢之蹄，都燦爛如光明的銅。在四面的翅膀以下有人的手。這四個活物的臉和翅膀乃是這樣：翅膀彼此相接，行走並不轉身，俱各直往前行。至於臉的形象：前面各有人的臉，右面各有獅子的臉，左面各有牛的臉，後面各有鷹的臉。各展開上邊的兩個翅膀相接，各以下邊的兩個翅膀遮體。他們俱各直往前行。靈往哪裡去，他們就往那裡去，行走並不轉身。至於四活物的形象，就如燒著火炭的形狀，又如火把的形狀。火在四活物中間上去下來，這火有光輝，從火中發出閃電。這活物往來奔走，好像電光一閃。

在符號語言學大師艾可（Umberto de Eco）的歷史偵探小說《玫瑰的名字》裡，年輕的見習僧埃森，來到一座富裕的義大利修道院的禮拜堂大門時，便為其上的精美雕刻讚嘆不已，艾可當然沒有省略掉對當時經常出現在宗教建築物上的四活物的描述：

而在寶座旁邊及上方，我看見四個可怕的創造物——望著他們使我感到敬

❶《聖經》《新約》的四福音天使——聖約翰、聖馬太、聖馬可與聖路加，經常出現在以上帝為中心的基督教曼陀羅圖形四方，以彰顯在榮光中的基督之全能。

❷中世紀教堂入口的山形面，常刻畫有四福音天使圍繞在基督身旁的場景。圖為法國普羅旺斯阿爾城（Arles）的聖特羅菲姆教堂的山形面，約為十二世紀作品。

畏，但他們對寶座上的人卻無比的溫順和親愛，不停地吟唱讚頌的詩篇。或許不能說他們都長得很「可怕」，因為在我左方（也就是在寶座右側），拿著一本書的那個人，看起來既英俊又和善。但在另一方卻有一隻駭人的老鷹，張開大鳥嘴，渾身厚毛如鐵同甲，兩隻利爪之間各抓了一本書，牠們的身體轉離了寶座，但頭部卻朝向在位者……。兩頭惡魔都長了翅膀，頭部都圈有光環；儘管外表猙獰恐怖，牠們卻不是地獄的生物，而是來自天堂。牠們之所以顯得可怕，是因為牠們都高聲吼叫，禮讚評判生者和死者的上帝。

四活物的象徵——天使（人）、獅子、公牛、老鷹是如何對應到四位福音天使的呢？這其實與各福音書的性質有關：馬太的象徵是天使（人），因為馬太福音特別強調耶穌的人性，而且一開始就從耶穌的宗譜談起，證明耶穌乃是亞伯拉罕與大衛的後裔，以人子的身分降世來完成救贖工作。馬可的象徵是百獸之王——獅子，因為馬太福音注重的是耶穌的君主身分；另外還有一種說法，因為馬太福音第一章提到曠野中有聲音呼喊、預告耶穌的來臨（現代版聖經無提及），據說這聲音有如獅子的吼聲。而路加的象徵是公牛，這是因為路加福音著墨的是耶穌為人類所做的犧牲奉獻；另外也因為路加福音的起首，談到祭司撒迦利亞（即施洗者約翰之父）為上帝獻供的故

事。至於約翰的象徵為遨翔的老鷹，乃是因為約翰的福音書是四本福音書中最抽象深奧、關乎神學理論的。

四活物的幾種形象

每位活物皆有四個臉孔+人的身形+牛蹄+翅膀（見圖❶）

自九世紀傳下的芮普爾（Ripoll）的這張聖經畫，可說是非常忠實地將先知以西結的異象記錄下來。四位活物各自有四個臉孔，人、鷹、牛、獅的臉孔共同完整出現，雖顯的有點擠迫，但畫家還是盡量凸顯每一活物不同的正面臉孔，以讓他們有所區隔。而他們張開、相接的翅膀乃至群襬下出現的牛蹄，都呼應了先知所看見的幻象。

天使（人）、公牛、獅子、老鷹的臉孔+人的上身+滾輪的下身+翅膀（見圖❷）

本圖描述的是＜啟示錄5:6-8＞的情景：

> 我又看見寶座與四活物，並長老之中有羔羊站立⋯⋯這羔羊前來，從坐寶座的右手裡拿了書卷。他既拿了書卷，四活物和二十四位長老就俯伏在羔羊面前，各拿著琴和盛滿了香的金爐；這香就是眾聖徒的祈禱。

八世紀的西班牙修士貝亞杜

斯（Beatus）曾繪製過＜啟示錄＞的故事，本圖即是他筆下的四活物形象。四活物分立於象徵主的羔羊的四方，各擁有天使（人）、公牛、獅子、老鷹的臉孔，上半身為人，手中並都拿著福音書，大片的羽翼向兩旁張開，而最引人注目的莫過於他們的下半身被描繪成滾輪狀，這或許是畫家心中想傳達出四活物在為上帝工作時的迅急如風——「這活物往來奔走，好像電光一閃」的意境。

天使（人）、公牛、獅子、老鷹的形象+翅膀（見圖❸）

天使（人）、公牛、獅子、老鷹的形象加上翅膀，是四活物在羅曼式藝術最常見的表現手法之一。純粹的動物／人的造型加上展開的羽翼，再配上福音天使的象徵物——四卷福音書，讓不識字的中世紀基督徒也能立即明白他們的含意。

天使（人）、公牛、獅子、老鷹的臉孔+人的身形+翅膀（見圖❹）

天使（人）、公牛、獅子、老鷹的臉孔，加上延長的人的身形，再加上一雙翅膀，這是另一種在中世紀最常見的四活物表現方式。在西班牙萊昂（León）皇家墓園的四活物即是很好的例子。他們各自有天使（人）、公牛、獅子、老鷹的臉孔，以下則是穿著古代長袍的人體，而高舉著福音書的姿態，就像是對被榮光包圍的上帝致敬一樣。

另一幅（見上圖）展示於國立加泰隆尼亞美術館的同類型濕壁畫，對四活物的安排方式稍有不同；畫面中上帝的左邊有聖馬太（天使），其袍子的下擺由一條帶子束起，整個人就像飄浮在空中；而上帝右邊則是聖約翰，較特殊的是他雖然是由加上翅膀的人形呈現，但緊擁在胸前的是其典型的象徵物——一隻老鷹。至於聖馬可與聖路加，他們分別位於上帝的左下方與右下方，以帶翼的獅子與公牛示人，在他們的身上還可見到散布的眼睛，這乃是因為啟示錄曾提到四活物有六個翅膀，且全身布滿眼睛：

……寶座中和寶座周圍有四個活物，前後遍體都長滿了眼睛。第一個活物像獅子，第二個像牛犢，第三個臉面像人，第四個像飛鷹。四活物各有六個翅膀，遍體內外都布滿了眼睛。……

夏娃 Eva

在基督教教義裡，人類的母親夏娃，受了蛇（魔鬼）的誘惑，吃了被上帝禁止的智慧之果，又勸誘亞當吃下，而導致上帝的發怒，將人類趕出伊甸樂園。從此人類只得在失樂園漫遊，追悔所犯下的錯誤。

蛇（魔鬼）成為人類原罪的始作俑者，但如果沒有意志薄弱的女人幫助，魔鬼是不會輕易成功的；所以，夏娃成了魔鬼的幫兇，同時要為人類的沈淪負責。

在伊甸園裡發生的誘惑情事，使得魔鬼與情慾也產生了聯繫。因為魔鬼對夏娃與亞當的誘惑，也可說是男女情慾的初次誘惑。在夏娃吃下智慧果並讓亞當也嚐下時，兩人立即意識到自己是赤身露體並羞於在上帝面前現身。所以亞當與夏娃所犯的原罪與情慾變得密不可分，情慾自此也成了罪的根源。〈約翰一書〉中說到：

小子們哪，不要被人誘惑，行義的人才是義人，正如主是義的一樣。犯罪的是屬魔鬼，因為魔鬼從起初就犯罪。

❶人類的原罪，是由女性的始祖夏娃受了蛇的誘惑而吃下智慧果開始的。
❷由於女人（夏娃）與蛇的關係密不可分，所以在智慧樹與蛇的圖象中，牠也常被描繪成女人頭加上蛇身。

西班牙赫羅納大教堂的一面牆上完整的描述了人類沈淪的經過。

❶在一四一六年由林博格兄弟創作的〈創世、罪惡與自樂園驅逐〉畫作中，畫面最左邊，蠱惑夏娃的蛇即被表現為上身為女人，下身為蛇的形象。此畫收藏於法國尚蒂利的貢蒂美術館。
❷在這幅圖畫中，夏娃正在勸誘著亞當吃下智慧之果。
❸西班牙赫羅納大教堂迴廊裡的一面淺浮雕，簡單卻有力地刻畫出樂園裡的亞當與夏娃，與其沈淪的經過。

它總共有三個人物，四組情節，分別是：1. 上帝趁亞當睡著時，從其身體取出一根肋骨造女人。2. 上帝將女人領到亞當面前，讓她當男人的伴侶。3. 上帝指著善惡之樹、回首告訴男人與女人說，千萬不可食此樹上的果子。4. 蛇攀爬在智慧之樹上，已被勸誘吃下禁果的夏娃，拿起無花果葉遮掩私處，而亞當左手拿著已經咬過的果子，右手亦用無花果葉遮掩下體。畫面的最左邊，上帝手扶著樹，臉神哀戚，這也是畫面上唯一的一次，上帝不再看著他所創造的男人與女人。它清楚地傳達了一個訊息：上帝對人類深切關愛、諄諄教誨，但人類卻不自愛的背叛了上帝。而這一切罪惡又源自夏娃禁不住誘惑，接受了狡猾的蛇的蠱惑。

創世紀是基督教藝術向來喜愛表現的主題。其中亞當、夏娃受誘吃下禁果，蛇（魔鬼）在一旁虎視眈眈的畫面在中世紀更是屢見不鮮；有時還可見到纏繞在善惡樹上的蛇直接被表現為蛇身、女人首的形象。它們在在提醒清修守真的教士要小心提防女人，別再重蹈亞當的覆轍。

女人與蛇的結合——美露希娜（Melusina）

以蛇和女人結合的題材自古即有，中西皆然。古希臘有蛇髮人身的美杜莎，中國神話裡的女媧與白娘娘也不遑多讓。在歐洲封建時期的傳奇敘事中，則屬美露希娜（Melusina）最為家喻戶曉。有關她的故事，在一三九三年首次出現在尚達哈（Jean d'Arras）的作品《美露希娜的傳奇》（*Roman de Medusina*）中；之後流傳甚廣，陸續被轉譯成西班牙文與德文。

故事敘述由仙女所生的美露希娜，樣貌美麗可人，但她有一不可告人之秘密，即是每週六其身體下半部會轉化為蛇。後來她與赫蒙當（Raymondin）伯爵成親，條件是伯爵許諾絕不在週六探視她。然而有一天，伯爵無意間在美露希娜沐浴時發現此秘密，美露希娜嚇得逃離兩人所在的呂西儂（Lusignan）城堡。可是每當夜深人靜，美露希娜聽見自己所留下的嬰兒嚎哭時，又會忍不住回到城堡哺育幼兒。

中世紀時，美露希娜常被教會視為魔鬼的化身，但是騎士們則將她視為守護仙女。

聖樹崇拜 Sacred Tree

將自然界的生物（如動植物）與非生物（如石頭、山、雨）神格化再予以崇拜，是原始農業社會都必經的歷程。基於對農產豐收、人畜生殖繁衍的憂慮與渴望，在在使得以莊稼與牲口為主要經濟活動的農民，莫不心誠悅服地將他們的期待投射在這些自然神祇的身上。

神話學和宗教比較學專家弗雷澤（James George Frazer）在《金枝》中談到，許多原始民族都有崇拜樹神的習俗，只要稍微傷害樹木，就可招致極殘酷的懲罰。而他們更是相信，樹林是神明和精靈所寄宿的地方，或是天上聖靈與祖靈所降臨的聖地。

許多民族的創世神話中，皆有聖樹——也稱為宇宙之樹或生命之樹的出現，它們通常位於己身世界的中央或四方，作為溝通天界與人間的橋樑。弗雷澤在與其他的創世神話做交叉比較後，認為現今我們熟知的聖經＜創世紀＞第

●圖中央為纏繞在智慧之樹上的蛇，兩旁站立者為亞當與夏娃，他們在吃下智慧果後，智力大開而羞於裸身見人，遂以無花果葉遮身。

三章，關於人類犯原罪而自樂園墮落的故事，是希伯來人理性主義作祟下的剪輯版本。不同於一般人耳熟能詳、長有智慧果的智慧之樹（即結有被夏娃與亞當吃下果子的那棵樹），弗雷澤特別強調的是樂園裡的另一棵樹——生命之樹。

仁慈的上帝在創造第一對男女後，讓他們在伊甸樂園裡過著無憂無慮的生活。祂甚至還想讓人類的祖先獲得永生，於是便種植了兩棵神奇的樹，其中一棵的果實能讓吃下的人獲得智慧，分辨善惡，但壽命卻有限（即智慧之樹）；而吃下另一棵樹的果實，即可長生不死（即生命之樹）。

上帝的本意是讓人類自己選擇命運，但或許祂還是太愛護自己最喜歡的造物，所以上帝派遣蛇去傳達訊息，要亞當和夏娃吃下生命之樹的果實。但是，蛇比世上任何生物都還要狡猾，自己想吃下生命果以享永生，於是私自改變了上帝的訊息，並勸誘女人吃下智慧果。女人相信了蛇，還將果實給了丈夫吃。從此我們的始祖被逐出樂園，人類也逃避不了死亡的降臨；蛇卻因為吃下生命果，每年蛻皮而得以青春永駐。邪惡的蛇奪去本應屬於人類的福祉，這也就是為什麼人類如此仇恨蛇的緣故。

弗雷澤提出的生命之樹並非憑空想像，在〈創世紀〉第二章有關伊甸園的敘述曾提到「耶和華 神使各樣的樹從地裡長出來，可以悅人的耳目，其上的果子好做食物。園子當中又有生命樹和分別善惡的樹。」；第三章也說道：「耶和華 神說那人已經與我們相似，能知道善惡；現在恐怕他伸手又摘生命的果子吃，就永遠活著。」；「於是把他趕出去了；又在伊甸園的東邊安設基路伯和四面轉動發火燄的劍，要把守生命樹的道路。」不過關於生命樹的資料，在〈創世紀〉中也僅只於此，我們從經文中知道生命樹的重要性非比尋常，但對它的認識卻不夠深入。弗雷澤的版本或許臆測的成分居多，但不可諱言的，他的故事也不失生動有趣，別有一番解釋。

不管是生命之樹或智慧之樹都可算是聖樹，因為它們都有特殊的力量而得到人們的尊崇或膜拜。不管是宗教祭祀或是迷信作祟，對聖樹的崇拜活動，在歐洲中世紀並沒有隨著基督教的一神論而滅絕，相反地，占社會組成分子絕大多數的農民，還是經常私下舉行儀式，這點由許多流傳下來的文獻資料即可看出。而這些異教徒式的崇拜活動，看在教會的眼裡，自然是須要被積極導正的陋習。

活耀於四世紀的聖馬丁（San Martín），乃是法國中世紀最受歡迎的聖徒之一，這裡有一則關於他砍倒異教徒聖樹的故事：據說有一天聖馬丁要求教區內的農民砍倒他們向來所崇拜的松樹，農民們滿心不情願地執行這項工作，並不懷好意地希望松樹就倒在聖馬丁的身上。可是聖馬丁將這視為真理的試煉，反而使松樹倒向異教徒的方向，並正好落在他們的身旁。這使得當場目睹神蹟發生的村民呆若木雞，並立刻順服於神的名下。整個中世紀對於聖樹崇拜的習俗相當的廣泛，羅馬教會雖然致力於根除此舊習，但成效卻仍有限。

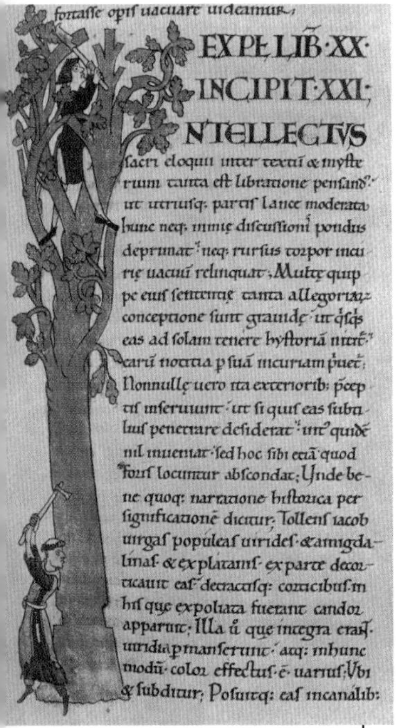

另外，在八世紀日耳曼傳教士庇米尼（Pirmini或Pirminius）的訓誡中，也有要求一般民眾別去隨意崇拜與迷信的紀錄：

> 你們別去崇拜偶像、石頭、樹木、偏僻的地方、泉水、叉路口。別相信能施法術的人、巫師、占卜師、預言者、觀察星辰的人、以及能帶來好運的人。別相信噴嚏所表示的神奇意義，也別相信與詛咒有關的迷信，更別提魔鬼的妖術。慶祝火山日（Volcanalia）與朔日①不就是魔鬼的崇拜嗎：製作月桂冠，注意腳的位置，張開臂膀在樹幹上，對著泉水投擲美酒與麵包？魔鬼的崇拜也是婦女們在編織的當下，同時祈禱於密涅娃（Minerva，亦即希臘神話裡的雅典娜），或是有些人期待星期五或其它特定的日子好慶祝婚禮或開始一趟旅程。

一直到十五世紀的聖女貞德（Jeanne d'Arc）在宗教法庭（Inquisition）受審時，她的供詞都還曾提到當時百姓相信樹木的治病神力：

> 靠近棟雷米（Domremy）有一棵樹，他們稱它為貴婦樹（arbol de las Damas）或仙女樹（arbol de las Hadas），在那兒還有一池泉水。我曾聽過患病的人到那裡飲水並將水帶回家治病。這我曾親眼見過。但患者到底痊癒了沒，這我不能說。我也聽說，當病患可以起身時，他們會到樹那兒走走……。

教會對抗聖樹崇拜注定是場必輸的戰爭。早在塞爾特的曆法裡，五朔節（May day）就已經是一年中最重要的節慶之一。直到十九世紀末，英格蘭地區

❶

❶在一本十二世紀的手抄卷中，兩名正在伐樹的西斯妥教團（Cistercian）僧侶。

❷西班牙加利西亞（Galicia）自治區隸屬於塞爾特文化，圖為小鎮上為了節慶活動而彩排的人們，圖片後方的建築，其柱子即帶有聖樹演變的五月柱的意涵。

仍保有此項傳統：人們圍繞著聖樹跳舞，有時擴大成圍著教堂起舞。在中世紀時，五朔節的主禱者，不論是男性或女性，有時還會帶上裝飾有葉形的面具。而西方人在聖誕節掛上槲寄生、擺置聖誕樹，乃至撫觸木頭以求好運的習俗，都可視為聖樹崇拜的殘留。甚至還有學者認為，基督教的十字架本身即是聖樹崇拜的遺留。

五朔節在西北部的歐洲，如英國、德國、瑞典等地，是一個已流傳幾千年的重要異教節日。舉行的目的，主要是為了慶祝漫長冬季的結束，與迎接萬物勃發的春天降臨。

此節日在古塞爾特時期即有之，當時的人們生火以慶祝。羅馬帝國統治版圖擴大後，此節日又與大約同時間（四月底、五月初）舉行的羅馬花神節（Floralia）相混合。這一天的主要活動，是在空地上豎立起五月柱（Maypole，傳統的五月柱是用樺樹或山楂樹幹製成），柱頂垂下許多彩帶，青年男女手執彩帶，圍著柱子翩翩起舞，或者手持樹枝、花環上街遊行。此外，由大眾推選為一位少女作為「五朔節王后」（由羅馬的花神演變而來），也是節日的另一個重頭戲。就原始意義而言，五月柱的豎立含有濃厚的聖樹崇拜含意，人們冀求在新的一年裡，雨水充沛，穀物豐收，人畜興旺。

---

① 朔日（calendas）即羅馬曆中每月的第一天，其中最重要的就是一月一日。羅馬人會在這一天大肆慶祝並交換禮物。

❷

魔鬼 Devil

作為萬惡之首，魔鬼在中世紀的漫長時空中常被提出來與上帝互別苗頭。他在中世紀的土地上隨時隨地現身，從不放棄任何可以誘惑、捉弄、攫取基督徒靈魂的機會與場合。

根據一般的說法，魔鬼在墮入黑暗前曾是眾天使中最美麗的一位，而後受驕傲自負的影響，竟認為可以與上帝一較高下，因此被上帝懲罰落入黑暗的永恆地獄。「Devil」與「demon」在中文裡都被譯為魔鬼，但大寫的「Devil」指的是唯一、專有名詞的魔鬼（即撒旦），而「demon」則來自希臘文的「daimon」一詞，原意為「神」，先是代表一種自然精神，後來被貶為地獄裡的小鬼，作為鬼王的奴僕。

●在這幅〈聖安東尼的誘惑〉版畫上，可見到各種各樣形體的鬼怪將畫面中央的聖者團團圍起，試圖使聖人屈服於魔鬼設下的陷阱。此圖為馬丁・施恩告爾於一四八〇～一四九〇年間所繪，原作收藏於巴黎的小皇宮博物館。

魔鬼（Devil）一詞尚有幾個同義詞，它們分別是撒旦（Satan）、路西弗（Lucifer，語意為「帶著光明的」、「具光明者」，即墮落前的天使）、別西卜（Beelzeboul，見《聖經》〈列王記下1〉；另見〈馬太福音10:25〉）。

大龍就是那古蛇，名叫魔鬼，又叫撒旦，是迷惑普天下的。牠被摔在地上，牠的使者也一同被摔下去

〈啟示錄12:9〉

所以諸天和住在其中的，你們都快樂吧！只是地與海有禍了，因為魔鬼知道自己的時候不多，就氣忿忿地下到你們那裡去了

〈啟示錄12:12〉

就魔鬼的外形而言，最早期的魔鬼較常以單純的蛇或爬蟲類的樣貌示人。由於撒旦的前身曾是最美麗的天使，所以翅膀經常是他的必備

❶早期的圖象中，魔鬼擁有的大多是一般鳥類的羽翼，但自十四世紀初起，他的翅膀幾乎都改為蝙蝠的膜狀翅，以更符合他的邪惡本性。圖為十五世紀的《七宗罪之書》彩繪手抄卷內的插圖。

❷在此幅〈基督降入教父們的靈薄獄〉中，可見眾鬼怪們身上長有細膩的蝙蝠翼；另外，角、尾巴、分岔的偶蹄以及像猴子的臉在此都可見到。此圖為安德烈亞·達·菲倫佐於一三六五年在義大利佛羅倫斯為聖瑪利亞新教堂所繪製的壁畫局部。

工具。早期的圖象中，魔鬼大多搭配一般鳥類的羽翼，但自十四世紀初起，他的翅膀幾乎都改為蝙蝠的膜狀翅，這是因為夜行又吸血的蝙蝠也是邪惡生物的一員，經常伴隨魔鬼出沒。寫作於一三〇七——三一四年間的但丁《神曲》的地獄篇，曾如此描述位於地獄最下層的路西弗：

我看見他的頭有三個臉孔，在前面的是火一般的紅，其他的兩個正在每邊肩胛以上，和正面的太陽穴相結合，右面白而帶黃，左面像由尼羅河上游來的。每個面孔以下生了兩隻大翅膀，適合於大鳥的飛翔，我在海上也從沒見過這樣大的帆。不過翅膀上面並不長著羽毛，只是和蝙蝠一樣的質地。...…他的六隻眼睛都哭著，眼淚淌到三個面頰下，那裡就混合了血的涎沫。在每個嘴裡，牙齒咬住一個罪人，好像鐵鉗一般，就是說，有三個罪人在那裡受罰。

順便一提的是，上段敘述所說的三個罪人，在正面被咀嚼的正是基督教裡的大罪人，為銀兩而出賣耶穌的反叛者——猶大，而另外兩人則是背叛過凱撒大帝的羅馬人柏魯多（Bruto）和卡西歐（Cassio），他們因為罪孽深重而由魔鬼本人噬吃著。除了膜狀翅以外，犄角、長尾巴、有偶蹄的腳，也都是魔鬼習慣性常見的特徵。有時他也以猴子的模樣出現，暗示猴子乃是上帝以至人類的拙劣模仿。另外，龍（等同於蛇或爬蟲加上翅膀）也被視為魔鬼的化身。

在地獄受苦的眾靈魂與以折磨惡人取樂的眾鬼怪皆歸魔鬼管轄，但半空中（midair）為其領土的說法也甚為流行。其原因乃出自於《新約》〈以弗所書 2:2〉的一段經文，其將魔鬼稱為「空中掌權者的首領」：

那時，你們在其中行事為人，隨從今世的風俗，順服空中掌權者的首領，就是現今在悖逆之子心中運行的邪靈。

基於此段經文，有學者為高高蹲踞在大教堂上的各種怪物承霤口與魔鬼的淵源找到聯繫。

雖然教會盡量用正面的態度看待魔鬼，並認為魔鬼絕對是屈居、臣服於上帝之下，他只能在上帝准許的情況及範圍下工作，即他是受命於上帝的，自然不具有與主抗衡的力量。然而一般不識字而又迷信的中世紀大眾，仍然將魔鬼視為上帝的對手，並不斷自動增強他的威力與權限，甚至修道院中的僧侶也不能免俗。這由各種魔鬼學（demonology）的專論、著述不斷出籠，即可見一斑。

在中世紀社會裡，妖術和巫術雖然不是基督教會唯一的，但是卻是主要的絆腳石，它們的特殊罪孽就在於與魔鬼結成了聯盟，而比異教徒更為可鄙的異端分子（heretic）也被說成是受了魔鬼的煽動蠱惑。凡此種種都更助長了魔鬼的威勢與力量。

在與魔鬼有關的圖象上，據說反基督（anti-Christ）的魔法崇拜與魔鬼豐富多變的怪物面貌亦有關係。拉丁文「Picatrix」意指「運用占星術來施行魔法的一種咒文」。中世紀時，在施作魔法期間必須有繪上神祇或魔鬼的肖像畫從旁協助，這也間接促使魔怪的圖象更為蓬勃發展起來。

有別於傳統認知，二十世紀最偉大的藝術史家之一貢布里希（E. H. Gombrich）認為，藝術家所呈現的作品不是從他的視覺印象入手，而是從他的觀念或概念入手；亦即是，藝術家處理的是他腦中既有的觀念印象，再現的是他「所知」（what he knew）而非他「所見」（what he saw）的畫面。至於一些特殊、個別的視覺信息，就被填入一個預先存在的空白表格或程式彙編裡（formulary）；而且，如果沒有安排某些我們認為是基本的信息，那就對信息的價值大有損害了。舉例來說，教堂外環伺的每位聖徒的外觀或許都極其

●十五世紀初由林伯格兄弟繪製的〈地獄之火〉，畫面中間即是躺在炙火中的魔鬼本人。目前收藏於法國尚蒂利的貢蒂美術館。

相似，但是，聖保羅（San Paul）持劍，聖彼得（San Peter）執鑰匙這一殊異的信息，中世紀的基督徒是不會搞錯的。

在各個不同的時期裡，人們期待圖象能提供什麼信息，是大不相同的。中世紀人的世界圖象裡，一方面有基督、聖母、聖徒、天使保護著他們；另一方面，假基督、魔鬼（撒旦、墮落天使）、精靈們亦不時現身，誘惑、捉弄著他們，所以整個中世紀的圖象藝術不外乎是上述主題的一再描寫。至於真不真，像不像，則非信息傳達的重點——畢竟沒有人真得見過基督、撒旦、噴火惡龍？

藝術家常用本身熟悉的圖式（schema）為基礎來再現某一圖象。十八世紀以前的歐洲人對於犀牛此一動物的想像，一直受到最有名的異國動物——身披護甲的龍所影響，於是此一典型圖式（護甲）就被應用在有關犀牛的描繪上。早期的基督教藝術家在想像魔鬼的圖象時，必定曾竭盡思慮的借用古代異教神祇的某些圖式，如希臘-羅馬系統裡的牛角、犄角，羊蹄，甚至連波塞頓的三叉戟也派上用場；加上希伯來-基督教系統裡的蛇（爬蟲類），這些構成他們最初對魔鬼的想像，也變成日後魔鬼圖象的基本圖式。

❶墮落前的星辰之子路西弗（Lucifer），擁有俊美的臉龐與身型。摘自韋爾茨繪於一八三九年的〈基督在墓中三聯畫〉（局部），現收藏於比利時布魯塞爾的韋爾茨美術館。

❷鬼王路西弗正咀嚼著三個罪人，在正面的是基督教裡的大罪人——猶大，而左右邊由其耳朵伸出的蛇則啃咬著背叛過凱撒大帝的羅馬人——柏魯多和卡西歐，他們因為罪孽深重而由魔鬼本人噬吃著。

最後審判 Last Judgement

我又看見一個白色的大寶座與坐在上面的；從他面前天地都逃避，在無可見之處了。我又看見死了的人，無論大小，都站在寶座前。案卷展開了，並且另有一卷展開，就是生命冊。死了的人都憑著這些案卷所記載的，照他們所行的受審判。於是海交出其中的死人；死亡和陰間也交出其中的死人；他們都照個人所行的受審判。死亡和陰間也被扔在火湖裡；這火湖就是第二次的死。若有人名字沒記在生命冊上，他就被扔在火湖裡。

〈啟示錄21:11-15〉

●世界末日來臨時，上帝的最後審判將給予所有人類最公正的判決。

死亡，在基督教教義裡並不意味著結束，它只是肉體生命的告一段落。末日審判日（Judgement Day）來臨時，上帝會根據各人在世間的言行，做出最公正的裁決。不論是活人或是死人，是否值得救贖而升天享樂，或是沈淪至地獄接受漫漫炙火的煎熬，上帝的審判將是一切最後的定奪。

《聖經》〈啟示錄〉一章提供許多關於末日降臨與最後審判的資料來源。作者約翰寫下種種關於世界末日來臨前將會發生的異象，以及對上帝再次降臨的期盼。這些篇章必曾感動過無數教徒的心，也對西洋藝術史做出極大的貢獻——許多大師皆對此主題感興趣而留下作品，如喬托（Giotto）、波希（Bosch）、安傑利訶（Fra Angelico），其中最著名的莫過於米開朗基羅在西斯汀禮拜堂祭壇壁留下的同名巨幅作品。

根據約翰的記載，末日來臨前會有七印封被打開，

❶根據但丁《神曲》〈地獄篇〉裡的說法，煉獄乃是一座七層山，犯罪較輕的罪人在此洗淨傲慢、嫉妒、忿怒、怠慢、貪財、貪食、貪色等七種罪刑；而每洗去一種罪過，靈魂就可上升一級，山頂即是人間樂園。
❷西班牙塔拉貢納（Tarragona）大教堂末日審判的場景，在上帝的腳下，義人們正揭棺而起，即將被迎往天堂；而最下一層則是在地獄裡受苦的靈魂。
❸安傑利訶作於一四三一～一四三五年間的〈最後審判〉，上帝的右邊是樂園所在，井然有序而充滿歡愉；上帝的另一邊則是地獄，罪人在此接受無盡的酷刑磨難。這張畫作目現收藏於義大利佛羅倫斯的聖馬可美術館。
❹地獄裡有炙熱的烈火，被判有罪的靈魂，將在此間遭受無止盡的折磨，永不得翻身。

七位天使吹響號角以及由七位天使掌管的七災出現（如河海變為血水、瘡災、旱災、日蝕、地震等）。這些情節也常成為電影或小說的創作靈感，如《神鬼傳奇I》裡的壞祭司印何闐在復活前，世間陸續出現天災；或是艾可（Umberto de Eco）的暢銷小說《玫瑰的名字》裡，修道院裡發生的幾件謀殺案件，被安排對應成七位天使吹響號角會時發生的災難。

另一位福音書作者馬太在論及審判日時，就將靈魂分為兩類，一是在世行善的義人，他們被安排在上帝的右邊，得以享有天國的榮耀；而為惡的，就被劃歸在上帝的左邊，將被永不止熄的地獄之火焚烤。在中世紀此主題也常被刻畫在羅曼式與哥德式的教堂：至高審判者上帝位於中央，四位福音天使環伺在其四方。在上帝的右邊，安坐著天使與得到救贖的義人們，畫面顯得安詳而有秩序；而在上帝的另一邊，畫面通常是扭動而激烈的，這些則是被判有罪的惡人，正接受各種酷刑的殘忍對待。

當人子在他榮耀裡、同著眾天使降臨的時候，要坐在他榮耀的寶座上。萬民都要聚集在他面前。他要把他們分別出來，好像牧羊的分別綿羊山羊一般，把綿羊安置在右邊，山羊在左邊。於是王要向那右邊的說：「你們這蒙我父賜福的，可來承受那創世以來為你們所預備的國……」王又要向左邊的說：「你們這被咒詛的人，離開我！進入那為魔鬼和他的使者所預備的永火裡去！」

〈馬太福音25:31-40〉

經由上帝最後的公正審判，行善與為惡的結果被清清楚楚的呈現在教堂——一座座「石刻的聖經」上。天國享樂的獎賞與地獄沈淪的懲罰，令不識字的平民百姓都能毫不費力地了然於心。尤其在第一個千禧年前後，或是其後的黑死病橫行的年代，世界末日的到來經常成為人們談論的話題，觸動他們心裡最深層的恐懼①，而這上帝的審判景象又經常出現在教徒進入教堂主殿的山形面區域，更使得最後審判的訓誡在信徒的腦際留下深刻印象。

第三處所——煉獄（Purgatory）

煉獄（滌罪所）是中世紀較晚期所形成的概念，關於它的神學理論約在十二至十三世紀才建立起。對聖奧古斯丁而言，煉獄並非一處地方，而是指靈魂的一種狀態；而聖托馬斯則認為它實存於地下某處。

一般相信，煉獄乃是位於天堂與地獄中間的第三個處所（The Third Place），是生前犯行較輕的罪人死後先到的地方，那裡有火可以洗淨罪人的罪惡，使得這些靈魂仍可經由洗禮淨化而得到救贖的可能，不至於立刻落入萬劫不復的地獄。

約翰說：「我是用水給你們施洗，但有一位能力比我更大的要來，我就是給他解鞋帶也不配。他要用聖靈與火給你們施洗。」

〈路加福音3:16〉

……人一切的罪和褻瀆的話都可得赦免……

〈馬太福音12:31〉

罪人待在煉獄的期間還可透過兩個方式縮短，一是藉助在世親屬朋友的禱告，二是經由聖人向上帝說項而減期。另外，未受洗禮就夭折的嬰孩，或是在耶穌降世前即已死去的義人（兩者皆來不及領受上帝的恩典），其靈魂將到靈薄獄（Limbo）等待。不過煉獄與靈薄獄皆是天主教的觀念，新教徒並不接受。

① 可參考電影大師柏格曼的《第七封印》（*The Seventh Seal*），其對當時社會各階層分子看待末日與黑死病有深入探討。

地獄圖象 Hell

基督教的地獄，乃借自希臘文「Hades」與希伯來文「Sheol」的概念，本指的是遊蕩在此間的靈魂，靜候再生時機的到來，並無貶意。但基督教的地獄則被加上濃厚的負面意思，它是經由最後審判而被定罪的靈魂，永生永世受磨難的地方。

在《聖經》中關於地獄的描述有：

你（指墮落的明亮之星——路西弗）的威勢和你琴瑟的聲音都下到陰間，你下鋪的是蟲，上蓋的是蛆。

〈以賽亞書14:11〉

●〈地獄刑罰圖〉，幾位全身長毛，頭上有角，嘴長獠牙，腳有爪，手上拿著長叉的鬼怪正在修理被火烤、烹煮、杖打等的罪人靈魂。此圖為十五世紀的作品，目前收藏於巴黎的聖傑內芙耶夫圖書館。

在〈路加福音〉第十六章曾提到一位名叫拉撒路的乞丐，必須靠著一名生活奢侈的財主，其桌上掉下的食物碎屑充飢果腹。拉撒路與財主死後，前者被天使帶到亞伯拉罕的懷裡安息，而財主則下到陰間受苦。某日財主舉目遠望，見到亞伯拉罕與在其懷中的乞丐，便喊著說：「我祖亞伯拉罕哪，可憐我吧! 打發拉撒路來，用指頭尖蘸點水，涼涼我的舌頭；因為我在這火焰裡，極為痛苦。」

這段經文不只道出地獄裡有另人窒息的炙火，亞伯拉罕還接著點出天國（上）與地獄（下）的空間關係：「……在你我之間，有深淵限定，以致人要從這邊過到你們那邊是不能的；要從那邊過到我們這邊也是不能的。」明白指出地獄乃是地底下一處深不可測的深淵，一旦墮入，將永世不得超生。

在聖經裡與地獄有關的描述大多與「火」離不開，如約翰在〈啟示錄〉裡就形容地獄為充滿「硫磺的火湖」，那兒

●在西班牙亞維拉（Ávila）大教堂的這個柱頭上，左邊可見一全身通紅的魔鬼正用鉗子夾出罪人的舌頭，他的腳爪攫住罪人的下肢，自他的口中還有一條大蛇蜿蜒而出，要向罪人咬去；相反地，在緊鄰的另一邊，一位受救贖的義人，正由兩位從天而降的天使，溫柔地接往天堂。

是獸和假先知晝夜遭受痛苦的地方。以火來懲戒世人，最早或可追溯至上帝以火與硫磺，毀滅所多瑪與蛾摩拉兩座罪惡橫行的城市。另外，聖經裡與地獄之火有關的經文還有：

人子要差遣使者，把一切叫人跌倒的和作惡的，從他國裡挑出來，丟在火爐裡；在那裡必要哀哭切齒了。

〈馬太福音13:41-42〉

……你們這被咒詛的人，離開我！進入那為魔鬼和他的使者所預備的永火裡去！

〈馬太福音25:41〉

在那裡（按：指地獄），蟲是不死的，火是不滅的。

〈馬可福音9:48〉

因為我們得知真道以後，若故意犯罪，贖罪的祭就再沒有了；惟有戰懼等候審判和那燒滅眾敵人的烈火。

〈希伯來書10:26-27〉

在與地獄有關的圖象表現上，如它是由墮落的光明天使路西弗（Lucifer）或撒旦統治，約始於十世紀，並融入「末日審判」的情節，之後在繼起的數個世紀裡，還有更多的發展。除了火刑是聖經裡即已提到，後世的圖象工作者更是發揮各種想像力，為地獄增添各式各樣的刑罰，如魔鬼會大口吃下罪人的身體，蛇和癩蝦蟆會啃噬犯了肉慾之罪罪人的性器官，火刑、鞭刑更是隨處可見。對比於在地獄中哀嚎受苦的有罪靈魂，在當中執行酷刑的魔鬼與其他小鬼或魔怪們，他們大肆吃喝與整人取樂的模樣，也都成為地獄圖象的表現重點。

另外，由於受到偽經與一些教義相關著述的影響，如十二世紀的《奧頓的歐諾利歐之註釋》（*Elucidario de Honorio de Autun*），地獄空間也被進一步細分為九層，我們熟悉的但丁《神曲》中，地獄即被如此劃分。由上至下依犯行輕重分別處罪，如第一層關些散漫之人，第二層為犯肉慾罪之人，第三層

為貪吃之人，第四層及第五層分別為守財奴與浪費者等。而罪刑最重的則是叛變者（如猶大），被關於地底最深處的第九層。

中世紀神學常強調「以眼還眼，以牙還牙」的觀念，所以許多罪人在冥府所受的刑罰，即是他在世時所曾犯過的罪，如貪吃鬼會被不停的灌食（或者相反，美食擺眼前，卻偏偏吃不得），守財奴被迫扛著沈重的錢財珠寶，或胸前掛著沈甸甸的錢袋等。

●繪於一四〇三年的手繪彩色祈禱書上，清晰地描繪出末日審判的情景。它的上部是以火焰中的耶穌為中心，旁邊有聖母、天使、聖徒與義人；自經文的兩側起，可見許多裸身的死者揭棺而起，生前行善的，就由天使們迎往天庭，同享榮耀（在右上角可見一位天使正在為剛抵達的亡者披上白袍）；生前為惡的，就被眾鬼怪拖往地獄，接受酷刑懲罰。

而在地獄裡的魔鬼們則模樣怪誕：正中心的鬼王頭戴冠冕，模樣似猴子，他的腹部又有一張臉孔，與他一起作樂的是一隻牛頭人身的魔鬼；在畫面左下角一個拉著攬繩的魔鬼更是怪異，他共有四個臉孔，在他的「頭部」前後各有一臉，有趣的是兩張臉孔很像古希臘的演員面具，一張笑臉、一張哭臉，肚子是像地獄之顎的大嘴，再由此嘴中生出另一張臉；在鬼王的左邊，有一個執長鞭的牛頭鬼，他的腹部亦有一張臉孔，而跟他一組工作的同伴，是一個高舉開叉短鞭、頭上長獨角、口顎部像爬蟲的半人怪獸；另外的鬼怪也都各有特色，有頭部像鳥的（在最左邊），有身形像狗、足部為爪的（在經文下緣），有長著尖長鼻子的（在鬼王的身後）。值得一提的是在此受煎熬的罪人，好幾位都是基督教的神職人員，有修士、修女，甚至正在遭受鬼王修理的，就是一名紅衣主教。

地獄之顎（Mouth of Hell）

故此陰間擴張其慾，張開了無限量的口

〈以賽亞書5:14〉

伴隨著末日審判，地獄之顎也是常出現的主題。地獄之顎或地獄之口即是地獄的表徵，或作為地獄的入口，常被表現為一張顯露尖牙銳齒的血盆大口，攫住、撕咬罪人不放。由於約拿曾被海怪利維坦（Leviathan，亦譯成大魚或鱷魚，為巨大凶猛之海洋生物）鯨吞三日三夜，而後憑藉著對耶和華的信念而得以復生，以致地獄之口也經常被描繪成一隻張開大嘴的海怪。

「耶和華安排一條大魚吞了約拿，他在魚腹中三日三夜。」

〈約拿書第1:17章〉

「耶和華吩咐魚，魚就把約拿吐在草地上。」

〈約拿書第2:10章〉

❶

❷

❶「地獄之顎」版畫，地獄被描繪成一只張開的恐怖大口，裡面充滿鬼怪與罪人。

❷由於約拿曾被海怪吞下腹中三日三夜，而後憑著對耶和華的信念復生，所以地獄之顎常被描繪成一隻張開大嘴的海怪。圖為中世紀動物故事寓言集裡的鯨魚。

聖經裡的植物 Plants in Bible

如同獸類一樣，聖經裡也有許多關於植物的描寫，只是不同於許多出現在聖經的動物都有正、反的雙重意義，植物在經文中多是美好的表徵。如十三世紀的威廉・杜蘭度斯（Willian Durandus of St. Pourcain）說過：「有時候，花草樹木（在教堂中被描繪出來）是為了再現從美德之根所生發出來的美的行為之果實的。描繪的多樣性代表了美德的多樣性」。茲摘舉《聖經》中與植物有關的經文如下：

●上帝的樂園中除了珍奇異獸，還有大量華美的樹木與花果。

以葡萄樹象徵基督：

我是真葡萄樹，我父是栽培的人。凡屬我不結果子的枝子，他就剪去；凡結果子的，他就修理乾淨，使枝子結果子更多。

〈約翰福音 15:1-2〉

以香柏樹比喻耶和華的大能：

主耶和華如此說：「我要將香柏樹梢擰去栽上。就是從儘尖的嫩枝中折一嫩枝，栽於極高的山上；在以色列高處的山栽上。它就生枝子，結果子，成為佳美的香柏樹，各類飛鳥都必宿在其下，就是宿在枝子的蔭下。田野的樹木都必知道我耶和華使高樹矮小，矮樹高大；青樹乾枯，枯樹發旺。」

〈以西結書17:22-24〉

耶和華命令以色列人製作燈臺、聖袍時，要有杏花、石榴等裝飾：

要用精金做一個燈臺。……燈臺兩旁要杈出六個枝子：這旁三個，那旁三個。這旁每枝上有三個杯，形狀像杏花，有球、有花；那旁每枝上有三個杯，形狀像杏花，有球、有花；從燈臺杈出來的六個枝子都是如此。

〈出埃及記25:31-33〉

你要做以弗得的外袍，顏色全是藍色的。袍上要為頭留一領口，口的周圍織出領邊來，彷彿鎧甲的領口，免得破裂。袍子的周圍底邊上要用藍色、紫色、朱紅色線做石榴。在袍子周圍的石榴中間要有金鈴鐺：一個金鈴鐺一個石榴，一個金鈴鐺一個石榴，在袍子周圍的底邊上。

〈出埃及記28:31-34〉

橄欖樹象徵受膏者：

我又問天使說：「這燈臺左右的兩棵橄欖樹是甚麼意思？」我二次問他說：「這兩根橄欖枝在兩個流出金色油的金嘴旁邊是甚麼意思？」他對我說：「你不知道這是甚麼意思嗎？」我說：「主啊，我不知道。」他說：「這是兩個受膏者站在普天下主的旁邊。」

〈撒迦利亞書4:11-14〉

以棕樹、香柏樹比喻義人：

義人要發旺如棕樹，生長如利巴嫩的香柏樹。他們栽於耶和華的殿中，發旺在我們　神的院裡。他們年老的時候仍要結果子，要滿了汁漿而常發青，好顯明耶和華是正直的。

〈詩篇92:12-15〉

神的國度裡有各種美好的穀物、果樹以供食：

因為耶和華你　神領你進入美地，那地有河，有泉，有源，從山谷中流出水來。那地有小麥、大麥、葡萄樹、無花果樹、石榴樹、橄欖樹、和蜜。你在那地不缺食物，一無所缺。

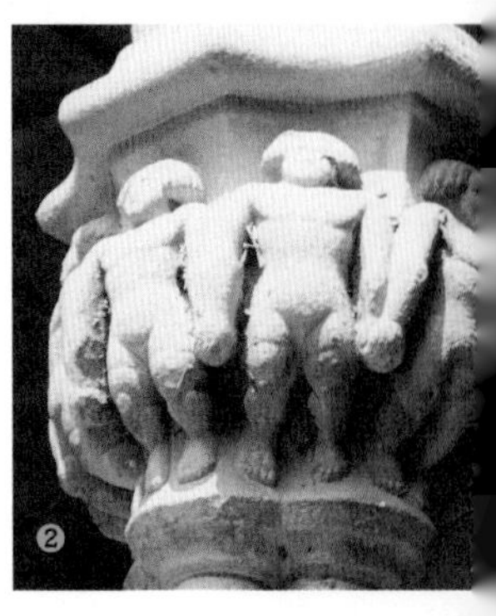

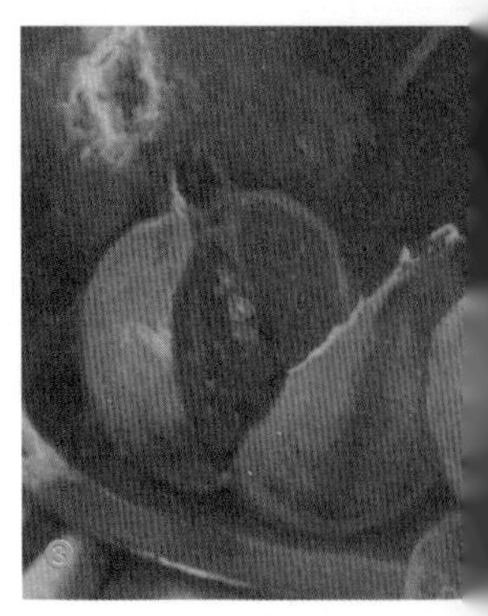

❶圖為在葡萄園工作的中世紀農民。葡萄在西方自古即為最重要的經濟作物之一，由葡萄醞釀出的紅酒，亦象徵了基督為解救世人而流的鮮血。
❷此圖為西班牙蒙塞拉特（Monserrat）修道院的一個柱頭，上面的赤裸青年男子群像，就是用來提醒修道院裡的僧侶，年輕的肉體是短暫與虛無的。
❸❹多籽的石榴常有豐收、肉慾的隱喻，亦是最常出現在西方藝術中的植物之一。
❺橄欖自古即是地中海區域重要的經濟作物，在《聖經》中亦曾被多次提及。

〈申命記8:8-9〉

當那日（指耶和華清除耶路撒冷的罪孽之日），你們各人要請鄰舍坐在葡萄樹和無花果樹下。這是萬軍之耶和華說的。

〈撒迦利亞書3:10〉

此外，在聖經＜雅歌＞篇中還有大量的花卉（如玫瑰花、百合、鳳仙花）、果樹（石榴、葡萄、無花果、蘋果），香料植物（乳香木、沒藥、沈香）等，盈滿著幸福、歡愉的情調。所以要將上帝的聖殿營造為人間的樂園仙境，以植物來裝扮、點綴是再適宜不過，況且許多植物都有其神聖的象徵意義。

但並非所有植物、樹木都是給人美好、喜悅的，就基督教的脈絡而言，八世紀一位神學家曾解釋道，綠葉代表肉體或淫蕩之罪（sins of the flesh or lustful），而邪惡之人注定要受永世的咒罰。用綠葉來譴責世人，或許與伊甸園裡的魔鬼用智慧之樹（善惡樹）的果子來誘惑人類的老祖宗有關，而當亞當與夏娃吃下果子、明白自己是赤身露體時，即是用無花果的葉子來遮羞（見《聖經》創世紀 3:1-7）

另外，也有用植物來比喻肉體身命的短暫：

凡有血氣的，都盡如草，他的美榮都像草上的花。草必枯乾，花必凋謝；唯有主的道是永存的。

〈彼得前書1:24-25〉

人為婦人所生，日子短少，多有患難；出來如花，又被割下，飛去如影，不能存留。

〈約伯記14:1-2〉

或者是用植物來詛咒惡人應得的報應：

他的日期未到之先，這事必成就；他的枝子不得青綠。他必像葡萄樹的葡萄，未熟而落；又像橄欖樹的花，一開而謝。

〈約伯記15:32-33〉藉由植物／綠葉來象徵人類的罪惡與卑微，在基督教義裡是有跡可循的。另外，在中世紀的某些惡魔或有葉飾的頭（foliate head）的形象中，魔鬼會吐出長舌，或呲牙咧嘴以示人，此「惡魔之口」有時亦可表示「地獄之顎」（Jaws of Hell）。

qui amours / demaine a son comman

Chapter.

IV

中世紀怪物扮相

詩人馬上組織了一個魔鬼出巡，
在城裡和集市上演起來。
一個個魔鬼都披著狼皮、牛皮和羊皮，
帶著羊頭、牛角和廚房的大叉子；
腰裡束著寬皮帶，
皮帶上掛著奶牛繫的大鈴鐺和騾子的項鈴，
晃晃蕩蕩，聲音嚇壞人。

Et que plus fort sera / loz aus avan

嘉年華 Carnival

中文的嘉年華是「carnival」的音譯，它其實指的是基督教的「謝肉節」。

嘉年華是基督教四旬齋（Lent，指耶穌復活前的四十天，基督徒以禁食與悔罪來紀念人子的犧牲）正式開始前的二到三天，有時甚至有超過一個禮拜的慶祝活動。但是由於使用曆法不同，羅馬天主教與東正教會慶祝嘉年華的日子並不相同。

此節日並非由中世紀的的基督教徒始創，早先占據歐陸版圖的希臘、羅馬、塞爾特、日耳曼、斯拉夫等民族在此時節都有類似的狂歡活動，例如希臘的酒神節，羅馬的農神節與牧神節，都大約在此時舉行，目的在慶祝冬日即將結束，與春日的重新降臨。

西元四九五年，羅馬牧神節的慶祝活動，似乎是此類節慶最後一次見諸於古代記錄。之後的數個世紀中，相關記載付之闕如。據指出，主要是因為此時期的基督教神學觀，正緩慢且有效地改變廣大異教徒對自然世界的認知與對其所進行的崇拜活動。事實上，四旬齋的禮拜儀式在八世紀即已完成整理，而八到十二世紀之間，從未根絕過的古代自然崇拜儀式，也逐漸被基督教重新包裝而再次登上基督教的崇拜活動日曆上。如在歐洲許多地方有節慶活動的聖約翰日（六月二十四日），就被認為與古代異教的篝火節有關。六月二十三日的夜晚為一年中最短的黑夜（夏至），許多環地中海的民族自古

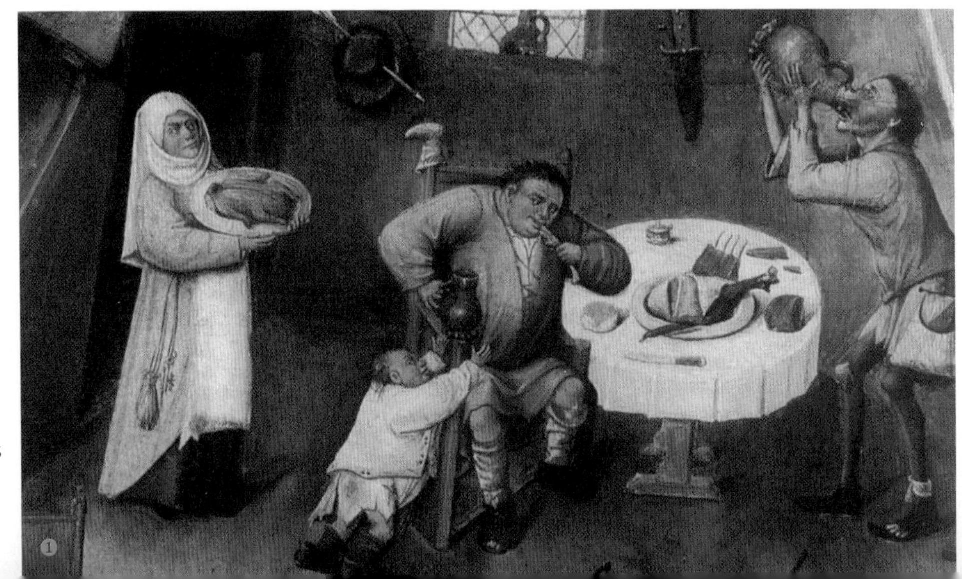

在當晚即舉行與火有關的慶祝活動。

由於正式進入齋戒期的重頭戲乃是執行「聖灰禮儀」（神職人員與教友將去年祝聖過的樹枝燒成灰再撒於額頭上），此日為星期三，故也稱「聖灰星期三」（Ash Wednesday）。而前一天（星期二）通常是嘉年華慶祝的最後高潮，大肆吃喝、暴飲暴食的結果也導致「油膩星期二」、「肥美週二」（Fat Tuesday，或法文Mardi Gras）的稱呼不脛而走。

一直到十二世紀，一份羅馬的文獻第一次提到了有關「油膩星期二」、「肥美週二」的祭祀活動。這份一一四〇年的文件記錄下教皇與世俗貴族一起主持儀式典禮，並當場宰殺與奉獻了一隻熊、一隻公雞與數隻小公牛。

從語意上來說，「carnival」意指「肉食的結束」（the end of meat eating），從此即可看出它與飲食的密切關係。在慶祝活動上，群眾不分階級大吃大喝，甚至是吃的越肥越好，完全不將經濟、社會、健康等因素加以理會，還將食物相互亂擲。有人打扮成國王、眾神或僧侶，也有人扮成農民或乞丐，當然也有人帶著離奇難辨的怪誕面具或偽裝成動物野獸。不管社會階級，所有人一起遊行、唱歌、跳舞，甚至是未婚或已婚的女子都可參加。市政府被群眾暫時接管，他們可以宣判政府去年的不當措施；大街小巷、城門內外都可見到狂歡作樂的人民跑進跑出。

嘉年華會的偽裝與面具配戴風靡群眾不已，在天主教勢力強大的西班牙，有幾次君王明文禁止在嘉年華期間使用面具的例子，如一五二三年時的卡洛斯一世（Carlos I），一七一六、一七四五年時的菲利白五世（Felipe V），以及一七九七年的卡洛斯五世（Carlos V）等，但都成效不彰。

大吃大喝、化妝遊行是嘉年華最為人知的活動，但它在中世紀的歐洲實有更深層的內蘊。肆無忌憚、毫無節制的飲食，雖有及時行樂、朝生暮死的味

❶「貪吃」在基督教教義裡是致死的七宗罪之一，不知節制的飲食一向為人所詬病，而因「吃」所導致的生理上的肥胖，更被認定為道德上懶惰的象徵。左圖是波希所繪的〈七宗罪〉的「暴飲暴食」。

❷這幅布魯哲爾創作的〈嘉年華與四旬齋的鬥爭裡〉，可以見到諸多有趣的場景：打扮怪異、逗趣的人，以及吃喝玩樂的群眾。

道，然而，從另一面來看，在冬日的尾聲將今年所剩的飲食大量消耗殆盡，對傳統農民來說，這也是春天又會生機勃發、沃土豐收的好預兆。這跟中國人年尾圍爐吃魚——象徵「年年有餘」的意味相似，只不過中世紀人更喜歡的是「千金散去還復來」式的情境，在歲末年底消耗今年庫存，明年重頭開始。

俄國文豪與思想家巴赫金（M. M. Bakhtin）在關於中世紀嘉年華的研究中，對此有相當好的詮釋觀點，他認為中世紀的農民深信「所有倒下的，都會再長出來」，所以盡情的吃喝玩樂，並不只是單純的恣意放縱，而是進入一種集體深層的儀式洗禮。而化妝遊行，男扮女、女扮男，身分高的人打扮成卑下之人、階級低的人裝扮成上流社會人士，抑或是人偽裝成動物或打扮成各種荒誕的形象，則更是一種社會階級的打破，一種自我身分認同的逾越。

此外，嘉年華的備受歡迎，也間接促使怪獸、怪人的「發明」。資料顯示，中世紀時的怪物（monstrous freaks）——不管是真是假，被大量而頻繁地引進宮廷中供王公貴族娛樂消遣，或是在市鎮鄉村的客棧市集中被販夫走卒品頭論足，更因而促成了大量有關這些怪物的素描、版畫的流通。沒受過教育的貧窮人家，經常將家中先天畸形或外形嚴重創傷的小孩，販售給嘉年華會的主辦人，以換取實質的報酬；而城市裡的一些商人也常將施過藥劑、保存完好的猿科動物移植、裝配上其他動物，如鳥類、魚類、爬蟲類的部分形體，當然，再加上適切的化妝術。

以連體嬰或某些身形畸形的動物而言，我們現今知道那不過是基因的突變或缺陷，是真實世界可能發生的事情；但在中世紀人的認知裡，他們與任何一種現代人看來荒誕離奇的怪物，卻是劃上等號的。

於是，形形色色的怪物，不管是畸形人、半人半獸、亦或是半猿半魚，就這樣被中世紀人創造出來且風靡群眾不已，直到十九世紀都還可見到被加工創造出的「怪物」。平名百姓願意花上一些小錢排隊等候去觀賞這些可憐的怪物，心理並盤算著：我是為了見證天主的恩慈而去的。

●出現在十九世紀巴黎，一場嘉年華會中的魔鬼。

吝嗇鬼 Miser

吝嗇鬼或守財奴的形象是由放高利貸的猶太人轉化而來。猶太人在歐洲中世紀常被視為不義的高利貸商人，一來與猶大為了銀兩而出賣耶穌有關；二來他們有很多確實依此為生或者成為成功的商賈，而成了社會上少數能掌控財富的人。《聖經》中非常痛斥放高利貸的行為，耶和華就曾告誡以西結說道：「向借錢的弟兄取利，向借糧的弟兄多要，這人豈能存活呢？他必不能存活。他行這一切可憎的事，必要死亡，他的罪必歸到他身上。」

在羅曼式藝術的圖象裡，他們通常被表現為身上（胸前）掛著一個錢袋，雙手握在錢袋上；另外，在末日審判圖中也少不了他們的份，常被當作貪婪的代表。在赫羅納考古博物館的高利貸商人（中間人物）只重點突出他的頭、雙手緊握胸前的錢袋，除此之外，沒有其他多餘的描繪；但在巴塞隆納大教堂的吝嗇鬼就刻畫的較為詳細，他短小的身材，與雙手緊握的錢袋，對比之下更形突出，臉上還有一種因為害怕別人搶走其財富而近似好笑的表情。

❷

❶西班牙赫羅納考古博物館的吝嗇鬼雕像，雙手緊握胸前的錢袋是他唯一的特徵。
❷西班牙巴塞隆納大教堂的吝嗇鬼雕像，除了緊抱胸前的錢袋外，臉上還有一抹好笑的表情，好似怕人搶走他的財寶。

面具與偽裝 Mask & Disguise

在許多中世紀的節慶場合，面具的配戴或偽裝經常是不可或缺的重要活動。藉由面具的佩帶而獲致一股非凡的力量，這種自古即有的習俗是不分中外的。尤其在戰爭頻仍的部落社會裡，往往更希望經由面具、盔甲、盾牌上的兇禽猛獸的形象圖示來恫嚇、擊潰敵人。所以在荷馬的史詩裡我們可以讀到：

這時手提大盾的宙斯的女兒雅典娜，把她親手織成、親手精心刺繡的彩色罩袍隨手扔在他父親的門檻上，穿上她父親、集雲的宙斯的襯袍，披上鎧甲去參加令人流淚的戰爭。她把那塊邊上有穗的可畏的大盾拋在她的肩上，頭上面有恐怖神作冠，有爭吵神、勇敢神、令人寒慄的喧囂神、可怕的怪物戈耳戈的頭，很嚇人，很可畏，是手提大盾的宙斯發出的凶惡預兆；她頭上的金盔有兩隻犄角、四行盔羽，並飾以百城的戰士。

《伊利亞特91-92》

墨里奧涅斯交給奧德修斯一張弓、一個箭袋、一柄短劍，還有一頂皮製的頭盔戴到奧德修斯的頭上，頭盔裡層用許多繩條堅固的網緊，外面有牙齒發亮的野豬的閃光獠牙，整齊地分插在兩側，中間還襯有毛氈。

《伊利亞特165》

或是在中世紀盎格魯・薩克遜民族最雄渾的英雄史詩《貝奧武甫》中，亦提到：

貝奧武甫披上他的盔甲，……那頂閃光的頭盔用來保護他的腦袋，他鑲滿了金子，盔檐華麗無比，古代的鐵匠早就知道如何把頭盔鍛造，並用野豬的圖案把它裝飾，從那以後，任何寶劍和刀刃都無法把它砍穿，……

《貝奧武甫6:1441-1453》

面具的佩戴，以致於頭盔、武器上動物圖紋的裝飾，即象徵著由人的身分轉換（transformaton）到動物的角色。通常人模擬野獸或怪獸的主要動機，

❶

是冀望激起恐懼之情或得到超越他人的個人力量，但對中世紀人來說，這樣的模擬，帶有非常強的逾越（transgression）味道——踰越作為一個好基督徒應守的日常規範。

戴上面具、變身打扮後，他們可以縱情玩樂、大吃大喝、賣弄瘋癲，把基督徒甚或是「人」的身分拋諸腦後、置之不理。被教會戒律規條壓得沉重不已的中世紀人，只有在狂歡節時可以徹底的放下基督徒的身分，甚至揶揄、開開教會的玩笑，以娛樂自己。

相對於一般庶民對面具、偽裝成野獸、怪人的醉心沈迷，羅馬教會對此行為則是毫不保留的大加撻伐。五世紀都靈的馬克希姆斯（Maximus of Turin）寫道：「這世上還有比這些人更虛假與不潔的嗎？由上帝親自形塑，卻將自己變形為牲畜、野獸、或怪獸！」直到十七世紀的尚・撒伐宏（Jean Savaron）亦提到：「魔鬼是面具的創造者」。於是面具、偽裝也都被教會魔鬼化起來。

對教會而言，人（尤指男人）是由上帝親自依其形貌而造的，當然是宇宙間最美與純淨的造物，上帝既給人支配自然萬物的權力，而人又反過來模仿自然，這當然是濫用上帝給人的權力。此等在節日慶典上硬將自己打扮成野獸、野人，甚至男扮女的舉措，在在都是破壞上帝的規範與戒律，是魔鬼慫恿下的褻瀆行為。

五世紀法國亞爾勒地區的主教該撒留（Caesarius of Arles）曾在其講道中批評道：「有些人戴著野獸的頭，所以不被視為人……；確確實實是多麼可恥的呀！那些生為男兒，卻將自己穿在女人衣服裡的人！」由這些不斷流洩出的抨擊中即可看出民間對於面具、偽裝等情事熱絡的情況。

❷

❸

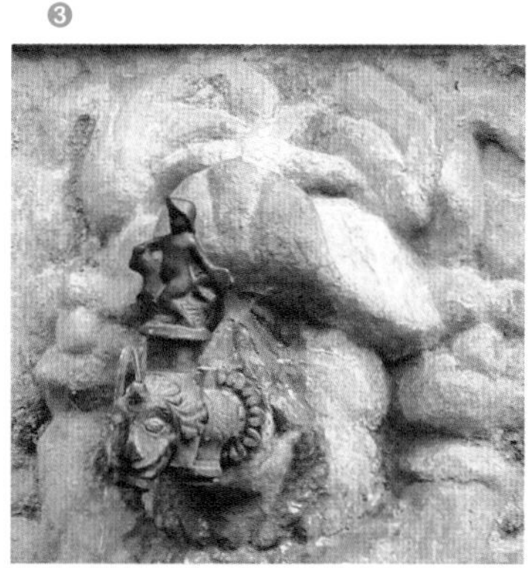

❶創作於十四世紀的《亞歷山大傳奇》的彩繪手卷下方邊緣，出現一列頭戴各種動物面具的舞者。
❷在西班牙奧倫塞省的塞拉諾伐（Celanova）小鎮上，展示著幾個披掛著獸頭的動物形面具，它們乃是仿中世紀造型製作的。
❸位在巴塞隆納大教堂迴廊裡的噴泉，其上有一系列戴面具的頭像。

鬧婚活動 Charivari

鬧婚活動（charivari）是一種吵鬧、特意偽裝的風俗活動，通常在晚間舉行，尤其是嘉年華舉行的期間。它在較晚期的中世紀已是一個廣泛流行的現象。實際上，「charivari」一字的意義為「瞎鬧音樂」、「胡鬧」，由此即可看出它與大肆喧鬧、製造聲響有關。

鬧婚活動的舉行，主要是用來嘲諷、作弄婚姻關係失調紊亂（marital disorder）的夫妻。在鄉間，再婚的鰥夫、寡婦是最常見的受害者，如果他們的年齡差距頗大，就更難逃其害。因為按照習俗，新人結婚通常會提供娛樂節目與免費的飲食與村民同樂一天，但因為再婚者經常利用晚間時刻悄悄地舉行婚禮儀式，以致於村民會認為剝奪了他們一天享樂的機會，因此挾機報復。

另外，不管在農村或都市裡，打老婆的丈夫、更常的是被老婆打的丈夫、被戴綠帽的老公、紅杏出牆的老婆、跟外國人或異文化人婚配者、同性戀或性傾向有偏差者等，都會受到鬧婚活動的惡作劇，因為他們都違背了夫妻、兩性間「正常」的社會秩序。

參加鬧婚活動的人，為了不洩漏自己的身分以及更進一步的羞辱當事人，他們會穿戴動物的面具、毛皮，發出動物的吼聲，將自己打扮成野獸模樣，然後在被害人的屋子四周唱著刺耳、粗俗有時甚至是褻瀆的歌曲，一邊敲打著由家裡鍋、碗、瓢、盆等克難充當的樂器，或吹哨子、搖鈴鐺等。

此等喧鬧的巡遊隊伍，不只出現在鬧婚活動時，如書寫於十六世紀，法國文豪拉伯雷的《巨人傳》（*Gargantua et Pantagruel*）裡亦有一段文字敘述，道出一隊巡遊人馬敲鑼打鼓、偽裝打扮，極盡喧嘩之能事：

> 於是詩人馬上組織了一個魔鬼出巡，在城裡和集市上演起來。一個個魔鬼都披著狼皮、牛皮和羊皮，帶著羊頭、牛角和廚房的大叉子；腰裡束著寬皮帶，皮帶上掛著奶牛繫的大鈴鐺和騾子的項鈴，晃晃蕩蕩，聲音嚇壞人。

教會對鬧婚活動的態度當然是不苟同的，並在十四、十五世紀曾有多次嚴加譴責的紀錄。然而它就像一種儀式化的活動，一種「紊亂的秩序再現」，一方面，它容許傳統社群因無法獲得應有的娛樂與飲食，而適當地表達其挫折與焦慮感，然後再重新肯定「正常」的風俗習慣；另一方面，它也適度地捍衛了傳統社會的性別規範。透過這種荒誕的嘉年華式偽裝以及揶揄、調侃的表達方式，鬧婚活動實在不失為一種調和社群關係的安全手段。

❶傳統上，婚宴是全村居民歡樂飲食與享受娛興節目的重要場合。圖為布魯哲爾繪於一五六七年的〈農民的婚禮〉，由維也納藝術史美術館收藏。

❷魔鬼有時也會以嬉鬧、搗蛋的樣貌出現，圖中的一名僧侶正被一群吐著長舌、恣意玩鬧著樂器的魔鬼帶走。

❸有時，在大教堂唱詩席的施恩座下，亦可以見到嘲諷婚姻關係的戲謔作品，如教訓、修理老公的潑婦等。如本圖中的悍婦就將丈夫當作馬騎，她的手中拿著尖錐，丈夫還被套上馬銜。

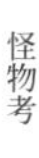

鬧婚活動最早的圖象紀錄（見右圖）

在最上層的圖象裡可見到七個「人」與一個小娃；最左邊的兩人，穿戴似為神職人員扮相，一人手持搖鈴向上擺動，一人手提鑼鼓敲擊，他們兩人的表情像是有點無奈；旁邊似老叟的人背個簍子，裡面還坐著個小娃（抑或是木偶）；在其右邊有兩個偽裝成動物的人物出現，一個頭似獅子（可見到貓科動物特有的口鼻部），身體部分被擋住，在其旁的怪誕人物就較無法辨認身分，但可看出他亦戴了面具，有類似動物的毛髮與耳朵，手裡也敲打著類似鑼的樂器。再往右邊，一名較高挑、亦戴著面具的人正向觀眾望過來；在最前面領導的人以側身示人，頭戴寬邊帽，右肩扛著一個簍子。

中圖有八人與兩名小娃，由左至右分別為：最左邊之人也以側身見人，剛好與上圖的最右邊的領隊前後呼應，其頭形被頭巾或連身帽遮住一半，下身的長褲有許多殘破開叉的長鬚，左手正跨過兩名同伴，用一支長棍擊打一只類似鼓的樂器；他旁邊的「獅人」，帶著有長鬃毛的面具，手正忙著安頓兩名小娃與推動小娃車；第三位參加者有個大光頭，看起來有點傻呼呼地，身形亦被遮擋住，但在他右邊的同伴，則是徹頭徹尾的野獸打扮，面具上有似牛的雙角、短耳，身上穿的是連身的獸皮衣，手捧著樂器，臉上有嘻笑的表情；在右邊的一組人馬，是一名帶船形帽的少年騎在一位裝成駝背老叟者的身上，少年手敲「樂器」，「老叟」手扶枴杖，兩人臉上都有調皮的笑容；再往右邊的是位裹著半身斗篷，由藏在斗篷內的髮型可看出或許是位僧侶，最右邊的是一位頭帶寬邊帽、有長鬍的人物，手亦敲擊著樂器。

最下層的圖中，仍有八名人員，除了幾位穿著連身衣袍，最引人注目的是右二那位拄著雙拐、彎腰行走的光頭男子，注意到了嗎？他的褲子沒拉好，正光著大半個屁股呢！

這幅十四世紀早期的插圖傳神地表達了幾個鬧婚活動的特徵：動物面具、化裝打扮、喧囂嬉鬧。彷彿讓我們真的見識到中世紀一隊奇形怪狀的人馬，正嘻笑怒罵地在街上行走，其中有人是開心滿足，有人或許迫於同儕壓力加入，而顯出些許老大不願的表情。

傻人節 Feast of Fools

傻人節①最初是在教士、神職人員之間流行，通常在耶誕時節（Christmas season，通常指的是十二月二十五日至來年的一月六日，即耶穌降世以至三王來朝之日）舉行，尤其是新年當日；由它最早的名稱為「教會副執事節」（Feast of Subdeacons），即可看出其與教會的關係。

關於傻人節的文獻紀錄首次出現於十二世紀，在十三、十四世紀的法國、德國、波希米亞、義大利、英國等地都有大量的文字資料留下。在節慶舉行當天，較低階的教士會與高階教士互換彼此角色並接管教堂事務。諸如此類將某社會階層較卑下之人轉變為「一日之王」（king for a day）或「混亂之君」（lord of misrule），在中世紀的耶誕時節異常時興。傻人節的慶祝不啻指出了一個事實：歲末年尾的狂歡喧囂，不僅發生在凡俗的街頭巷尾，在神聖的殿堂內也是如此。

在教堂內，低階教士會將老舊的皮鞋，甚至是排泄物代替熏香焚燒，在祭壇上玩擲骰子，將其滑稽可笑的服裝上的鈴鐺亂搖一通，並在傻人王的身上掛滿教會的勳章，有時「傻人主教」（fool bishop）還會將主教的聖褲穿在頭上。此外，驢子也是今日的主角之一。一來是因為驢子是當初載著聖母與剛出世的耶穌離開聖城的動物，二來是因為驢子經常是愚人的表徵。所以傻人節裡的傻人又常會裝上兩只驢耳朵，或學驢叫，甚至背朝驢頭的倒騎在驢背上。而在教堂外，街道上亦有大型的化妝遊行，有些教士將僧袍內外倒穿，或打扮成鄉野之人、女人，或戴起怪誕面具，甚至是裸體遊行，有時還相互鞭笞。

其實，此類「粗野」的節慶有許多皆源自古代的異教節慶，例如一月舉行的鹿節（Fiesta del Ciervo），男人們會穿戴起動物的皮毛以偽裝成野獸，在田野裡四處亂跑亂跳，飲酒作樂，甚至性交（鹿被視為性能力的象徵）。四世紀的巴塞隆納主教聖巴西亞諾（San Paciano）就曾下令禁止此節的舉行。

●傻人節是充滿戲謔的中世紀節日，圖中即為打著赤膊，僅圍著一條披肩的傻人王。

① 為表示與現今普遍認知的「愚人節」（April Fool's Day）有別，在此將「Feast of Fools」譯為「傻人節」。它又常與其他性質相似的節慶有關，如「小主教節」（Feast of Boy Bishop）、「驢子節」（Feast of Ass）等。

而十三世紀的英國儀典作家約翰•貝列斯（John Beleth），為了將此時節的放浪形骸、粗野言行與古代異教節慶脫鉤，以帶點辯護性口吻地寫道，其實從前的異教徒在十二月習慣給予奴隸、僕人短暫的自由，而且為了慶祝節日，這些奴僕能像他們的主人一樣，被公平對待。

風靡於教士之間的傻人節後來也流行於俗人之間，大夥競相扮醜裝傻以贏得「傻人王」的頭銜。浪漫派文豪雨果的《鐘樓怪人》（*Notre Dame de Paris*，中文或譯《巴黎聖母院》）的情節，就肇始於一四八二年一月六日一場喧鬧的傻人節慶典：

至於那幫子學生，嘴裡都罵罵咧咧。今天本是他們的好日子，他們的丑人節，他們的浪蕩日，法院小書記和大學生一年一度的狂歡節。沒有一樁不端行為，今天不是合情合理而且神聖的。……難道不能至少隨便罵上兩句，略略詛咒上帝，既然今天的日子這樣好，周圍又有這樣美妙的教會人士和娼妓為伍？因此，他們就恣意妄為了；在一片喧囂聲中，誓罵胡鬧嘈雜得嚇壞人的，就是那幫子神學生。

等到傻人王選舉開始時：

探出窗洞的第一張醜臉，眼皮翻轉露出紅色，嘴巴咧著像是獅子口，額頭皺得一塌糊塗，好像咱們現在所穿的帝國輕騎兵式的靴子，……請諸位自己想像一下吧：各種各樣的面孔相繼出現，表現出一切幾何圖形：從三角形直至不規則四邊形，從原錐體直至多面體；一切人類的表情：從憤怒直至淫佚；一切年齡：從新生兒的皺紋直至瀕死老太婆的皺紋；一切宗教幻影：從田野之神直至別西卜（按：即鬼王）；一切獸臉：從狗嘴直至鳥喙，從豬頭直至馬面。請諸位想像一下：新橋的那些柱頭像，經日耳曼．皮隆（法國雕塑家，1537-1590）妙手而化為石頭的那些魔魔，突然復活；威尼斯狂歡節上的一切面具，一個個出現在你們的夾鼻眼鏡底下。總而言之，真是人海百怪圖！

事實上，傻人節最初是在教會的支持下舉辦的，目的是讓較低位的教士也能暫時地、半玩笑地擔任權力的掌控者。但誰知玩笑越鬧越大，以至於羅馬教會不得不出面以壓抑其氣焰。在一一九九年的一份文件裡，巴黎主教蘇利的俄德（Eudes de Sully）就提到傻人節活動中不得有面具化裝、高歌，不准有遊行伴隨傻人王。後來甚至是教宗、世俗君王也都陸續下令禁止，例如教會在一四三一年於瑞士舉行的巴塞爾大公會議（Council of Basel），就曾明令廢止此節。但由這些三申五令來看，也明顯可看出傻人節的受歡迎程度。一直要到進入十七世紀後，傻人節才漸漸退出歷史舞台。

頭顱與臉孔 Heads & Faces

●「頭顱」或「臉」一直到二十世紀初的現代主義，都還是歐陸建築師偏愛使用的裝飾元素之一。圖為巴塞隆納街頭的一棟建築物，它即是以人頭與植物作為裝飾。

除了對生命之樹的迷戀外，人頭或動物頭的表現，也是中世紀教堂最常見的主題之一。歐洲的基督教前時期（pre-Christian），許多部族皆有獵頭（head hunting）的習慣，他們將所獵獲的頭顱，不論是人類或動物，豎立或懸掛在聖所或廳堂之前。除了有炫耀武功的涵義外，更認為「頭」有避開邪靈進而護衛自己的力量。類似的場景在好萊塢電影如安東尼奧・班德拉斯主演的《終極奇兵》（*The 13th Warrior*）或是梅爾吉普遜的《英雄本色》（*Brave Heart*）都可見到。

這裡有一則中世紀與頭顱崇拜、聖樹崇拜相關的故事：

話說生活於五世紀法國的赫爾曼（Germán de Auxerre）在成為主教之前，曾是位獵人，且習慣將他所獵得的動物頭顱高掛起來。可是有一天神向該區主教阿瑪鐸（Amador）主教現身，並向他指示這位殘酷的異教徒將會是其繼任者。阿瑪鐸趁著赫爾曼不在時，砍倒其向來崇拜的聖樹並予以焚毀，進而不顧他的抗議，強押著他到教堂。此時奇蹟發生了，赫爾曼在被迫受洗時，感應到自己將成為主教的命運與神聖性，使他在當下即接受了基督教的真理。

❶

這則故事雖有些不可思議（但奇蹟總是發生在不可思議的情境下），但它告訴我們頭顱崇拜與聖樹崇拜在當時依然是無法消滅的異教習慣。

越來越多的研究指出大量出現在教堂中「頭」（heads）的主題，不論是兩臉孔的（janiform）、三頭的（tricephalic）、有葉飾的頭（foliate head），都明顯的與早期異教徒們的頭顱崇拜（head worship）有關。「頭」的這種威嚇、保護力量，不只在宗教場所、君王宮殿，甚至一般民居都還可發現其遺留下的影響力。

二十世紀的藝術史學大師貢布里希（E.H Gombrich）也認為，某些怪誕形象所代表的是一種「替代物」的觀念。如埃及的司芬克斯（Sphinx）就代替了衛士的功能，守護著法老的陵寢。「衛士」在各種不同文化中都被用來保護教堂、領地、寺廟和住宅，因此必須講究靈驗，如果把各種生物最有力的特徵都結合在一起，效果自是不言自明。如司芬克斯等的「替代物」，代替了實物保護主體不受外力侵犯，並收威嚇之效。貢布里希就曾以大教堂上的承霤口為例，明確的指出，這些面目猙獰的滴水口，十分明顯地保留了驅邪作用的傳統。而「頭顱」大量地出現在建築物上，作為護衛力量的原始意涵，自然是再清楚不過了。

頭／臉是整個大教堂裡隨處可見的裝飾元素，不管是室內或外牆，都可發現它的蹤影。以人或動物的首級作為自己廟宇、聖殿的裝飾，是歐洲「蠻族」自古已有的傳統，當然，他們並非把頭顱看成是純粹的裝飾元素，而是含有恫嚇、保護的原始巫術作用；因此在作為繼承者的基督教教堂中出現大量的人類、動物的頭或臉的雕刻、浮雕，也就不足為奇了。這些頭或臉的再現，在中世紀的教堂裡也加入了新的意義。他們有時候象徵人死後看不見、摸不著的抽象靈魂；有些則是真實人物的模擬，在某種程度上，可說是古羅馬人為亡故者立像的習俗之延續。

若我們仔細的觀察，其實不難發現頭的主題在西方建築或繪畫史上的確隨處可見、俯拾皆是。它們時而獨立存在，時而與葉飾或其它元素交融混雜、難以劃清；有時銜接在樑柱等結構物之間，有時又點綴在哥德教堂的各個立面上。到了巴洛克時期，它們還以成群或個別的小天使（cherub）面目，簇擁或陪襯在聖像畫或世俗畫周圍。甚至到了二十世紀初的現代主義，它們仍是歐陸建築師偏愛使用的裝飾元素之一。

❶西班牙索颼納小鎮（Solsona）舊城區的一處民居，仍舊可見兩個人頭作為細部裝飾。畫面右邊的頭蓄著大鬍子，一臉肅穆；左邊的頭則呲牙咧嘴，作威嚇狀；它們頗有原始巫術作用中，保護住屋的趣味。

❷❸人類（販夫走卒以至王宮貴族）與動物的頭顱，甚至是骷髏頭，在中世紀教堂內外，皆是觸目可見的裝飾元素。

中世紀的怪物藝術直接上溯至早期的異教信仰（pagan beliefs），它表現的是人民曾經親近與熟悉的異教神明。教會由於無法根除祂們，只好允許祂們就近存在於基督教的神明與聖徒旁邊。所以我們就看到了葛瑞芬（Griffin）、塞倫（Siren）、人馬（Centaur）等異教神祇或神話人物紛紛登上了教堂的柱頭、迴廊；頭（臉龐）、苕莨蔓葉點綴迴旋在教堂的各個角落。它們荒誕不經卻又滑稽可愛的形象，並沒有因為基督教化而遭致滅絕；而是轉而以較含蓄的身影，默默地在一旁凝視著世人。

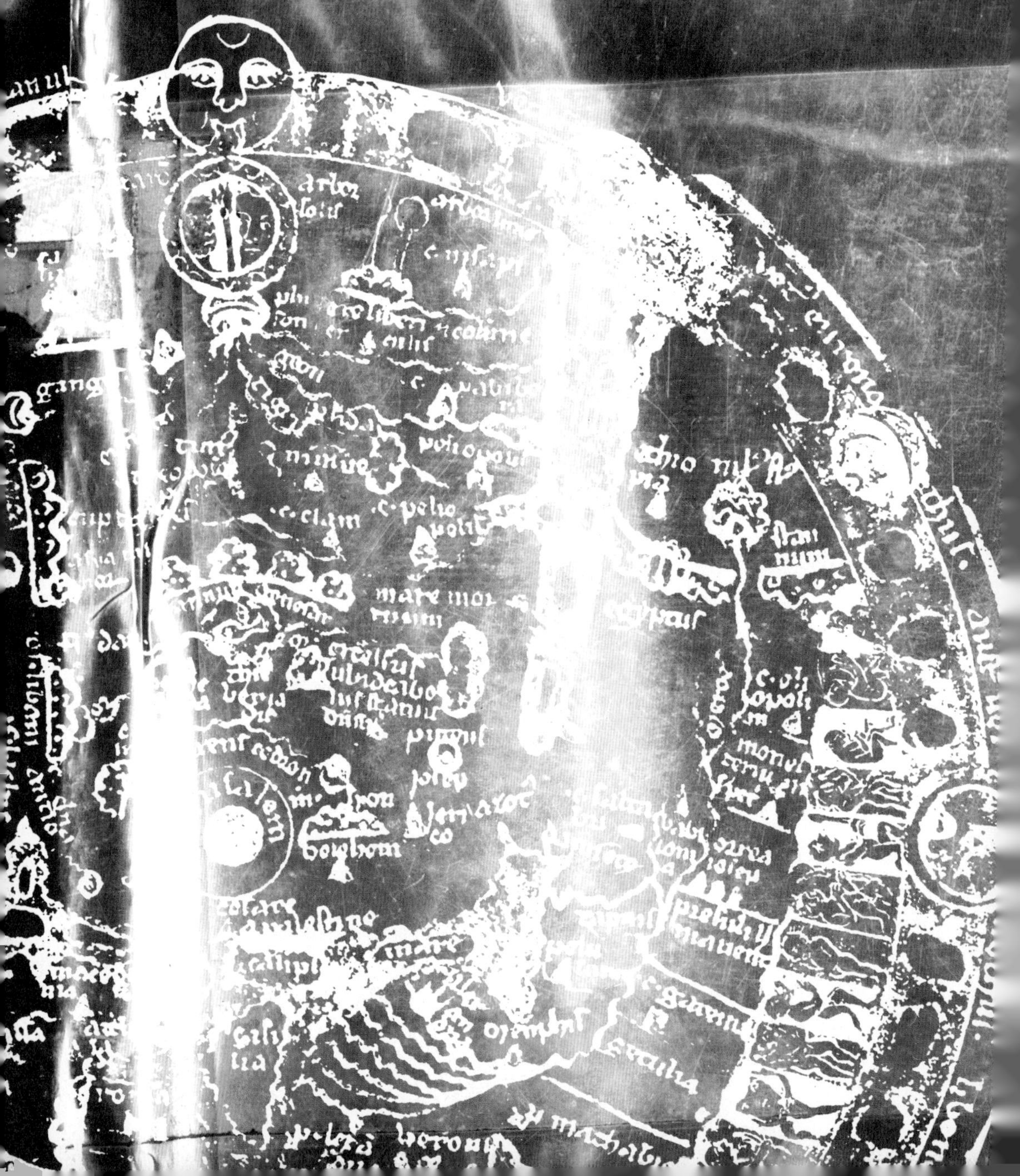

Chapter.

V

怪誕風格

葉梗飾物取代了圓柱，有捲葉和渦紋的板條取代了山牆，蠟台支撐著畫出來的聖祠，聖祠頂端是一叢叢細莖桿，這些莖桿從捲鬚根裡長出來，捲鬚根上散坐著很小的人塑像，要麼在細莖杆的中部附著人頭和動物頭……。

何謂「怪誕」①

中世紀對「怪物」的想像力，以及充滿藝術性的造型能力，固然表現在許多方面，但其中最不可忽視的，就是所謂的「怪誕藝術」。最早「怪誕」一詞指的是古羅馬建築中一種牆壁上的裝飾風格，它由人物、動物、植物交融組合而成，充滿空想的、怪異的奇趣，很受時人歡迎。公元前一世紀的古羅馬人維特魯維（Vitruvius）就曾批評這種怪誕壁飾道：

但是，現在有些人蔑視這些以現實為基礎的模仿。有的牆上粉刷著怪物，而不是表現具體事務的圖象。葉梗飾物取代了圓柱，有捲葉和渦紋的板條取代了山牆，蠟台支撐著畫出來的聖祠，聖祠頂端是一叢叢細莖桿，這些莖桿從捲鬚根裡長出來，捲鬚根上散坐著很小的人塑像，要麼在細莖杆的中部附著人頭和動物頭……。

❶一般而言，這種想像的、怪異的、非現實再現的，由人與動物、植物組合而成的作品，都是廣義的怪誕範圍。

❷圖為梵諦岡博物館的裝飾壁畫，為文藝復興後的怪誕風格，同時又較趨近於古典羅馬的風格。

其次，讓我們來看看字典、百科全書對「怪誕」的解釋：

建築上，指具有怪異、滑稽、可怖特質的形象，大量由中世紀的藝術家們陳列在教堂正面的石製品或木製品；亦應用於聖壇與室內空間的木雕及壁板上。

《藝術與考古插圖字典》

（*An Illustrated Diccionary of Art And Archaeology*）

在藝術上，最初指的是一種牆壁的裝飾（繪畫的、雕刻的、或以灰泥製成模型），由植物、動物和人物形象、面具主題組合而成的怪異的（fanciful）、有趣的（playful）圖式。此種裝飾被應用在羅馬建築上，文藝復興時期再度復活；它的命名是由被挖掘出的廢墟稱做「grotte」（「山洞」或「洞穴」之意）發現此種實例而來。展而言之，這一術語已被用來指稱任何古怪的（bizarre）、扭曲的（distorted）或不協調的（incongruous）再現物。

《牛津藝術插圖百科全書》

（*Oxford Illustrated Encyclopedia of The Arts*）

毫無疑問，這種想像的、怪異的、非現實再現的，帶有恐怖或滑稽特質的作品，不論是平面的繪畫、淺浮雕或是立體的雕刻都可稱為怪誕。若要嚴格區分羅馬時期（以及文藝復興後的模仿式樣）與中世紀的怪誕有何不同，在於羅馬的壁面裝飾中，動物與人物是獨立個體，再由植物的莖桿、枝葉或花朵、果實加以串連組合成一整體；而中世紀的怪誕則多將此三元素交融混雜於一體，或者使用單一元素但卻加以變形、扭曲或誇張，所以可以看到各種各樣、無限組合排列的怪人、怪獸等形象。

中世紀的怪誕有很多用於指涉魔鬼，所以被特意製成呲牙咧嘴、嚇人的模樣以引起人們的恐懼之情；但其中有些則是由於其組合方式如此有趣而讓人覺得滑稽好笑，也有一些本身就有著引人發笑的臉孔；甚至有些由於其恐怖、醜惡的形象無法達到使人驚懼害怕的目的，反而招致好玩、有趣的效果。

十九世紀英國藝術史家約翰・羅斯金（John Ruskin）就指出怪誕作品都由兩種成分組成，一是荒唐，二是恐懼，只要其中任何一個元素占上風便會導致兩種情況，一種是「可笑的怪誕」，另一種是「可怕的怪誕」，而許多的怪誕作品都在某種程度上兼有兩種成分。

---

① 「怪誕」一詞相應於英文的「grotesque」，指涉各種荒唐不經、怪異的、奇想的事物，經常能喚起觀者之恐懼甚或好笑的情緒反應。在本書中，為使讀者易於閱讀，故將較為抽象的怪誕一詞以更為具體的「怪物」替換。

中世紀怪誕風格的出現

怪誕風格在中世紀歐洲的時空出現，以往他們多被視為粗野而無意義的荒誕遐想，或是分量無幾的純裝飾藝術，亦或是作為惡的純粹存在。其實此一現象的產生，自然有其背後一系列相關的宗教、歷史、社會、心理、文化等因素相互激盪而成。本文將從下列幾點，從中探討並解釋中世紀怪誕風格出現的原因。

情感淨化

從我這裡走進苦惱之城　，從我這裡走進罪惡之淵，從我這裡走進幽靈隊。……你們走進來的，把一切的希望拋在後面吧！

《神曲・地獄篇》

十一世紀法國聖丹尼修道院院長蘇傑（A. Suger），亦是哥德式建築的肇始人，他曾大力頌揚教堂、修道院中的柱飾、石雕等宗教藝術，並寫道：「這些華麗石塊的繽紛之美，帶我遠離世俗的角落；藉著物質與精神的相互轉換，我達到了一個冥想的高度。」由此可見這些圖象故事的感召力、渲染力有多麼強大，曾有多少神職人員著迷地花上大量時間、目不轉睛地凝視這些石刻圖畫，企求得到更深一層的心靈感召，或與上帝做進一步的接觸。

淨化（Katharsis）的概念，在西元前五世紀即由希臘人恩培多克勒提出，他認為人的靈魂由於獲罪而墮落，但經由種種淨化的手段，滌清罪惡，靈魂即可昇華而重返諸神所在的樂園。亞里斯多德在論悲劇時，又重申了淨化的作用，他認為悲劇能激起觀眾的「憐憫」和「恐懼」兩種情感，並使之在觀賞後得到精神上的淨化。《詩學》中寫道：「憐憫是由遭受不應當遭受的厄運的人所引起的，恐懼是由這人與我們相似而引起的」。而在這兩種情感的起伏波動之間，便產生了悲劇的快感。

不可諱言，基督教自創教以來即帶有很深厚的悲劇色彩。從基督的自我犧牲以拯救世人，到大量聖徒的護教、殉教，都給人悲劇英雄的感慨。如果說憐憫之情是給予流血的上帝、哀愁的瑪麗亞以及從容赴義的聖徒，那麼，恐懼之感則來自對地獄、魔鬼、酷刑的想像。

教堂既是「石刻的聖經」、「窮人的聖經」，清楚明白地表達教義內涵自然是它的要務之一。除了動人的聖經故事，具體地傳達基督教的歷程沿革，還有慷慨激昂的聖徒史傳——或遭受磨難，或行奇蹟，它們所傳遞的訊息皆是積極向善的力量；另外，尚有一小類，就是上述所提的地獄刑罰、七宗罪審判的圖象呈現，它們旨在靠恐懼的力量來提醒教友，凡事謹言慎行，自我警惕；就如聖奧古斯丁所言：「能阻止我更進一步陷入肉慾深淵的，只有對死亡與死後審判的恐懼，這種恐懼在種種思想的波動中，始終沒有退出我的心」。雖然圖象上遭受懲罪酷刑的不是希臘悲劇中的英雄角色，而可能只是一般低微的販夫走卒；但也因為如此，更能激起普遍不識字的庶民百姓的認同感與恐懼感，懼怕稍不留神，下一個在末日審判中受苦的靈魂即是自己。

中世紀晚期的法國詩人弗藍索瓦・維榮曾藉一位不識字的鄉間農婦之口寫道：

我是一個農村婦女，衰老而貧寒

我不識字，愚昧得可憐

有人拿村子教會裡的一幅彩色圖畫給我看

畫中有天堂，豎琴聲響徹伊甸園

還有地獄，萬劫不復的靈魂在那裡受煎熬

一邊使我快樂，另一邊

❶能以歌聲誘惑水手沈睡，再予以擊殺的美麗人魚（塞倫），常被視為阿尼瑪原型的具體象徵。

❷將艱深的教義以視覺化的圖象表現出來，能使絕大多數不識字的中世紀教友，有更深刻的體悟與警惕。圖為正遭受鬼怪啃噬的兩個罪人。

嚇得我毛骨悚然……

這短短的詩篇或許正為絕大多數毫無閱讀能力的中世紀人，道盡心中的感動與體悟。

圖象的背後

1. 陰影（shadow）原型：

陰影是最重要的原型之一；指人性中陰暗、未被意識到的一面；凡是自我壓抑較差的、不文明的、動物性的本質，都會形成陰影。它與自我（ego）所表示的「意識之光」呈現補償的關係。

人性中令人不愉快的、不道德、自私、卑劣、衝動、難以啟齒的一面，我們不願在別人眼中看見自己的那一面，在心理學家榮格看來，時常沉入我們的無意識心靈，或甚至被硬生生地壓抑住以維持我們本身甜美完滿的假象。更有甚者，我們經常將陰影投射到他人的身上，把那些我們不願在自己身上看到的卑劣特質都推給別人。

陰影亦受到個人與文化因素的高度影響；以基督教為例，心理學家榮格就認為，陰影作為黑暗（darkness）本身的原型，絕對的惡（absolute evil），必須與它在集體無意識中的對立面——表示明亮（brightness）的上帝-自性（Self）一起來論述。在他看來，上帝與基督教神學系統的陰影，都投射給了魔鬼，所以上帝越來越好，而魔鬼越來越壞，這就是陰影投射的結果。

若從基督教神學來看，魔鬼並非一直是上帝的死對頭，或強大到足以與上帝平起平坐；除了流行於二世紀的早期基督教教派諾斯替教（Gnosticism）認為上帝存在著善惡兩性外，在很多的論述裡，它只是做為上帝的下屬，聽令於上帝的吩咐。

從舊約到新約，很明顯的看出上帝的脾氣在逐漸「變好」，由舊約裡記仇、專斷、易怒暴躁的威權式父親形象，轉變成新約中的仁慈、溫和的慈父面貌；到了中世紀，我們看到的是淌血、為人類受盡折磨且自我犧牲的神子——耶穌基督；作為唯一的真神，祂必須是至美、至善且陽剛的，而祂的陰暗面，就由魔鬼概括接收了。善與惡的永恆鬥爭，是亙古不變的主題，從上帝到墮落的光明天使——路西弗，榮格都看到自性與陰暗面的相互較勁與互相壓制。

2. 阿尼瑪（anima）原型：

阿尼瑪的拉丁文原意是「魂」，它是男性身上的女性特質，是男性無意識中的女性補償因素，也是男性心目中的一個集體的女性形象。榮格給阿尼瑪所下的定義是：「在男性無意識中起著一種基本或原始意象作用的女性特徵的表現。」

在男人心靈中，阿尼瑪是所有女性心理性向的化身，諸如曖昧的情感和情緒、預言性的徵兆、對非理性的接納、對自然的感情、還有與潛意識的關係。古代社會通常由女性擔任祭司來傳遞神意，並與神靈進行接觸，自有其道理。

積極的阿尼瑪使人果決負責，對於調停外在世界與內在心靈起著積極的作用，其具體的人格化就是引領哥德的浮士德飛昇的「永恆女性」海倫，或帶領但丁上天堂的碧雅翠絲，至於最有名的例子則是天主教的聖母瑪麗亞。「對古代的（男）人而言，阿尼瑪現形為女神或女巫，而就中世紀人來講，女神被替換為天國之后（Queen of Heaven）與教會母親（Mother Church）」。

消極的阿尼瑪會使得男人變得暴躁意怒、意志消沉、猶疑不定、憂柔寡歡，這時阿尼瑪變成致命的女人，其具體的人格化有如希臘的海上女妖塞倫或萊茵河的女妖。

作為負面的阿尼瑪，常帶有陰暗的特質，事實上，它有時即代表邪惡本身。基督教裡的上帝充滿陽剛特質，而陰性特質則被壓抑的不見蹤跡；不過陰性元素必須明顯地被置於某處——所以它就可能在黑暗中被發掘出，於是阿尼瑪在基督教中又常與陰影（shadow）同流合污，一起扮演誘惑者、魔鬼的角色。最常見的例子即是女人蛇身的形象（上身為女人，下身為蛇），她結合了阿尼瑪（女人），與魔鬼（蛇，亦是陰影）的意象，常常直接指涉被蛇誘惑的夏娃。

對舊信仰的依戀

基督教在本質上是排它性極強的宗教。在教會的眼裡，僅有基督徒與異教徒、上帝的選民與撒旦的幫兇的差別。天堂是為了良善的基督徒而設的樂園，而那些與真神緣慳一面或不肯悔罪的異教徒，只有依罪行輕重，墮入靈薄獄與地獄的份了。

諷刺的是，曾經亦是地下宗教一員的基督教，一旦在身分得到認正後，除了對內鞏固日益壯大的教會組織；對外，則是更積極地展開宣揚福音、剷除異己的工作。「異己」對教會而言，即是除了基督徒以外的所有異教徒，他們是受了魔鬼的誘惑而行使其旨意的罪人，教會自然不能坐視這群迷失的靈魂不管，任憑罪惡在耶和華的土地上擴散蔓延。而舊時信仰，自然也與「迷信」劃上等號。

但是，對為數眾多的中世紀農民而言，對山、水、聖樹等的自然崇拜，是遠在基督教傳入前的好幾個世紀裡就已經存在的事實。在十九世紀的工業革命改變人類的社會結構，造成人口大量集中於都市之前，歐洲一直是以農牧生活為主的傳統農業社會，而農民往往對於豐饒、繁衍等概念有較乎都市人口更深層的企求與渴望。這就導致了傳統上農民們會去崇敬與畏懼各種與他們生活息息相關的自然力量與代表生命力的神祇，最著名的例子就是大地之母或大地女神的崇拜。

聖奧古斯丁對於整個中世紀基督教迷信理論的建構，一直到十三世紀的聖托馬斯之前，有重要的影響力。他的理念主要有兩點：1.迷信是古代偶像崇拜的殘存。2.將迷信與魔鬼學（demonología）聯繫起來。偶像崇拜者（idolatría）所崇敬的對象不只是自然力量與其具體的人格化身（如：雨-雨神、太陽-阿波羅），還包括了其他自然界的創造物（如公牛、植物、泉水）或巨人、精靈、等非理性的怪物。

而將迷信與魔鬼學聯繫起來，即是指魔鬼從來不放棄誘使人類墮落的企圖；不論是凡人、神職人員或是聖徒（甚或耶穌本人），隨時都有面臨撒旦誘惑而墮入深淵的可能，就如同人類原初的墮落一樣。撒旦與其爪牙虎視眈眈的在各個角落守候著信仰稍有動搖的基督徒，就如同魔鬼用知識與快樂換取浮士德的靈魂。

但是，根深蒂固的舊信仰是很難從大眾的記憶抹去的，加上其它種種持續發生的不安定因素，如戰亂、災荒、黑死病，更使一般大眾畏懼或求助於巫術、護符等不為教會允許卻又深植人心的「迷信」行為。於是，教會只得用嚴厲的規範來懲處犯戒的教徒。譬如若一個人在去拜訪病人的途中，在路上檢起一塊石頭丟出去，隨後查看在石頭底下是否有如螞蟻、蟲子等生物。如果有的話，表示病人將會康復；反之，如果石頭下沒有任何小動物，則表示病人將死去。對那些曾做過或相信的人的懲罰如下：「二十天只准食用水與麵包的齋戒」。

然而比處罰更有效的方式就是用「基督教式的迷信」來取代舊有的迷信；也就是用大量的聖徒來代替異教的眾多神祇，用聖骨、聖人遺物來替換對護身符等物的迷戀，用神的教堂來替代阿波羅的神殿。譬如六世紀的教宗葛雷哥利一世（Gregoria Magno）在回覆給於英國地區傳教的坎特伯里大主教梅利多（Melito de Canterbury）有關處理異教徒問題的信中就提到：

●圖為製作於十二世紀初的「創世紀」織毯全貌，收藏於西班牙赫羅那大教堂。在這張能體現中世紀人宇宙觀的織毯中，中間描繪的即是上帝創世時的景象，邊緣則畫著各個月份的勞動工作。

> 不應毀壞異教徒的廟，需消滅的是裡面供奉的偶像。用聖水灑淨整個廟宇，築起祭壇並在其上安置聖物。如果這些廟宇造的好，對魔鬼的崇拜將轉換為對真神的禮讚，當人們看到其廟宇並沒有被破壞，就會放棄過錯，趕忙著到他們熟悉的地方崇拜真神……

疏導的方法確實較圍剿實際有效的多。所以就在教會有意疏忽或教徒無意的安排下，我們看到了蔓葉、枝藤、茗莨等（聖樹、生命之樹的象徵）悄悄地爬上了羅曼式教堂的柱頭、門楣之間，盤繞在聖骨匣的浮雕上，聖器、法衣的裝飾間。到了哥德時代，整座教堂儼然就是一座平地矗起、高聳挺拔的巨大石森林，不由得使人遙想起「蠻族」時代的聖樹崇拜。

秩序的概念

中世紀的二元論概念，不僅表現在正統教徒、異教徒；聖人、俗人；貴族、農民等社會群體、階級上，美與醜的絕對對立觀念，也影響了中世紀人看待世界的方式。「美」是與「高貴」（門第上與品德上）、「優秀」、「好人」、「勇敢」等概念緊密結合的，而「醜」則是和「低賤」（血統上與品德上）、「卑劣」、「壞人」、「怯懦」等概念不可分割。專研歐洲中世紀史

●此圖為「創世紀」織毯左下一角，拉丁文「Dies Solis」意為「晴朗的日子」，而他所代表的人物，非常明顯的即是駕著雙馬車的異教神祇——太陽神阿波羅。

的俄國學者古列維奇曾舉例指出，在古英語中，不可能把某物或某人說成「既美麗又卑劣」，貴族與美麗相聯，就如同醜惡和畸形這兩個概念密不可分一樣。

在法國維澤萊（Vézelay）教堂正殿入口處的門楣上的半圓形浮雕裡，可以看見耶穌高大的身影占據在正中央的位置，其兩旁的是占其身形約3/5的十二位門徒；更向外的半圓形格狀門楣代表著身體上、精神上的疾病，每個造型約與耶穌的頭部大小相同，分別是：啞巴——由狗頭人表示；缺乏嗅覺——由豬鼻子的衣索比亞人擔任；聾子——由具有大耳朵的印度人表現；旁邊有被魔鬼附身、象徵精神受折磨的人類，在魔鬼身旁則有衣不蔽體、姿勢不雅的土耳其連體嬰。在越過耶穌頭頂的另一邊，有佛里幾亞人（phrygians）表現的木棍腿、有缺陷的膝與萎縮的手。此外，在耶穌與門徒的腳下有眾多小型的人物，代表著古代人間的蠻族：波斯的射手隊、非洲的矮人族、希臘人的迎神隊伍與一列羅馬士兵。再更向外的半圓形門楣則是人間十二月份的勞動工作交雜著星座十二宮圖。如此的一幅圖示，清晰地表達出基督教的宇宙觀與秩序感，由中心的天主向外擴散，揭露出由美→醜；完善→缺陷；天國→人世；樂園→災難；文明（基督徒）→野蠻（異教徒）的景象。

另外，在一幅十三世紀的「世界地圖」上，可以見到上帝與兩位隨侍天使位於世界的上方。理所當然的，基督教聖城，耶路撒冷被不偏不倚的置放於世界的正中心；而在地圖的右方邊緣，被安排了一系列赤身露體的怪人或畸形種族，如沒有頭、五官長在胸前的Blemmyae，嗜吃人肉的狗頭人與食人族Anthropophagi等。如此一幅超級迷你的世界地圖（原圖不到十公分），卻將基督教的世界觀具體而微的表露無遺。

總之，絕美的上帝成了一切美的最高指導原則，醜惡的外表等同於道德的不高尚，上帝是唯一最完美的表徵。以此觀念看來，教堂裡的上帝必須是最美的，其它陪祀的聖徒次之，而散布四周的承霤口，則以醜怪的面目示人，以彰顯上帝的絕美與秩序的位階。從中世紀早期一直到早期哥德藝術，上帝的造像定比其他陪襯的天使、聖徒來得高大優美；另外，在早期哥德藝術中，有些聖徒的造像還須刻意地表現「殘缺」，以突顯上帝的大美與無暇。相似的例子在中國也可找到，在梨園的演出時，扮演神明的演員必須在臉上刻意點痣，以示與真神區隔，避免僭越了神人分際。

❶目前收藏於倫敦大英圖書館，繪製於十三世紀的〈世界地圖〉。
❷〈世界地圖〉的右方局部放大，可發現一系列赤身露體的怪人或畸形種族，如五官長在胸前的Blemmyae，嗜吃人肉的狗頭人等。

怪誕的身體：一種永遠處於形成中的肉體

身為二十世紀俄國最重要的美學家與哲學家之一的巴赫金（M. M. Bakhtin），對歐洲中世紀的民間文化曾有過深入精闢的探討。他在分析處於中世紀與文藝復興

交界的法國文學大師拉伯雷（Rabelais）的作品時，曾經提出「民間詼諧文化」（即文化狂歡節化） 與「怪誕現實主義」（grotesque realism）的觀點，並認為拉伯雷的作品中往往藉著一連串的誇張動作、嘻笑怒罵而將人物的外在形體表現得怪誕醜大，簡直到匪夷所思的地步。

不同於外界以往僅將拉伯雷視為純粹「諷刺作家」的論點，巴赫金認為拉伯雷的怪誕表現不只在於諷刺，而是含有深刻、本質的雙重性，那是一種深根於民間的詼諧傳統，並非只是單純以諷刺為目的誇張。而此種庶民百姓的詼諧傳統，在中世紀狂歡節慶的舉止打扮上、手卷插畫中的離奇變形都可以見識到。

且看拉伯雷的《巨人傳》（Gargantua et Pantagruel）裡敘述主人翁之一高康大（Gargantua）那驚人駭俗的出世經過：

嘉佳美麗（高康大之母）這一緊縮的結果，胎盤的包皮被撐破了，孩子從那裡一下子跳了起來，通過胸部橫隔膜，一直爬到肩膀上（大靜脈在那裡一分為二），孩子往左面走去，接著便從左邊的耳朵裡鑽了出來。

這種誇張變形、怪誕離奇的形體不僅充斥在拉伯雷的字裡行間，對熟悉中世紀怪誕圖象的人也一定不會陌生。另外，拉伯雷的文字中更有大量對身體、生殖行為、性器官的嘲弄褻玩以及大吃大喝、排泄的表現描述。在巴赫金看來，它們都是寄生與蘊含在民間通俗文化與其狂歡節式的「笑」裡頭。這種表現具體的保存在中世紀的狂歡節，並且是從上古的希臘羅馬時代（如農神節慶典）即不曾根絕過的東西。

在狂歡節上，「顛倒」、「逆轉」、「上下相反」、「內外翻轉」都是最典型的表現形式，普羅大眾在慶祝活動上打破所有的社會階級、倫常禮制，彷彿回到金黃燦爛的農神時代裡，也達到一種烏托邦的歡暢和樂境界。

此外，狂歡化的表現常與「身體下部」（指胃部、肚子、生殖器、臀部）有密切關係。其一，狂歡活動最常見的大吃大喝即與肚子、臀部（排泄）有關，所以吃、喝、拉、撒這看似單純的口腹之慾與生理反應，實與身體下部不可分割。其二，在民間廣場語彙中常有罵人、捉狎之語，而這些字彙又常與生殖器有關。就民間的廣場語言而言，罵人話或髒字都是一種特殊的言語體裁，雖然它的起源、種類、功能不一，但許多古代詼諧性祭祀活動中有褻瀆神明的罵人髒話，這些髒話具有雙重性：既有貶低和扼殺之意，又含有積極的再生和更新之意。事實上，就現今常出現的罵人髒話，不論中西，都還可見到大量與生殖（再生）有關的遺留。

基於此，種種關於身體下部位的描寫就會更形突出與誇張。身體上部，其實具體的指涉頭（腦），眼睛，它們是理智的象徵；而從鼻子以下，即已概括在身體下部（巴赫金指出中世紀人相信男人鼻子的大小與陽具相關）。這種「降格」或「貶低化」也是怪誕現實主義的特點之一，亦即把一切高級的、精神性的、理想的和抽象的東西，移轉到不可分割的物質與肉體層面、大地和身體的層面。但貶低化不僅是消極的否定而已，而是藉由如交媾、受胎、懷孕、分娩、消化、排泄這類靠攏人體下半身的行為，來重新肯定再生（生育）的意義。

怪誕形象所表現的是在死亡和誕生、成長與形成階段，它有著處於變化、尚未完成的變形狀態的特徵，與物質世界只有模糊的分界線：它與世界相混和，與動植物相混和，與各種物質相混和。這種人體形象，在中世紀的教堂壁畫和淺浮雕、手抄卷的插圖與波希（Bosch）、老布魯哲爾（Bruegel the Elder）的作品中都可見到，並在整個中世紀的各種民間節慶演出形式中得到重要發展：如在傻人節上、在鬧婚活動中、在狂歡節上、在諷刺劇或滑稽劇的表演中，這其實是中世紀庶民文化最瞭解、熟悉的人體觀念。

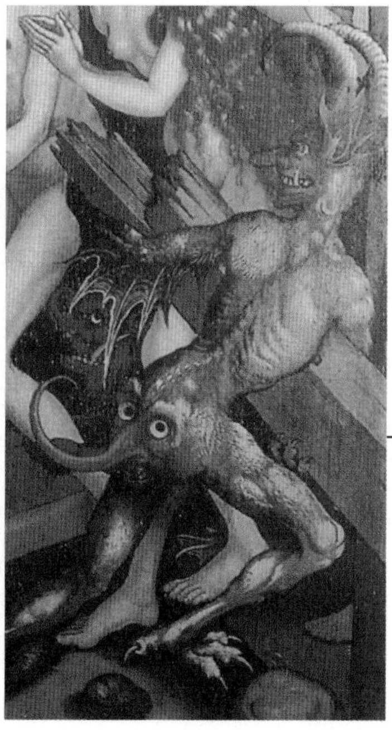

●身體下部，在中世紀的圖象表現上，常有令人意想不到的變形，充滿怪異的奇趣。左方兩張圖片即為此類的變形。

國家圖書館出版品預行編目資

怪物考 : 中世紀的幻想文化誌/王
著.--初版.--臺北市
:如果出版 : 大雁文化發行,
2006〔民95〕
面; 公分
ISBN 978-986-82416-1-9（平裝
1.妖怪

298.6 9501

怪物考——中世紀的幻想文化誌

The Secrets of Grotesqu

作者／王慧萍
設計／黃子欽
責任編輯／劉文駿
行銷企劃／黃文慧
副總編輯／張海靜
總編輯／王思迅
發行人／蘇拾平
出版／如果出版社
大雁文化事業股份有限公司
地址／台北市中正區重慶南路一段121號5樓之10
電話／（02）2311-3678
傳真／（02）2375-5637

發行／大雁文化事業股份有限公司
地址／台北市中正區重慶南路一段121號5樓之10
24小時傳真服務／（02）2375-5637
讀者服務信箱E-mail／andbooks@andbooks.com.tw
劃撥帳號／19983379
戶名／大雁文化事業股份有限公司
印刷／成陽印刷股份有限公司
出版日期／2006年9月 初版
定價／320元
ISBN 978-986-82416-1-9
986-82416-1-8

eureka 發現世界

未知的世界是歷史美麗的延伸

eureka 發現世界

未知的世界是歷史美麗的延伸